神官は王に操を捧ぐ

the priest dedicates chastity to the king.

吉田珠姫
TAMAKI YOSHIDA presents

JN267340

ガッシュ文庫
KAIOHSHA

CONTENTS

イラスト／高永ひなこ

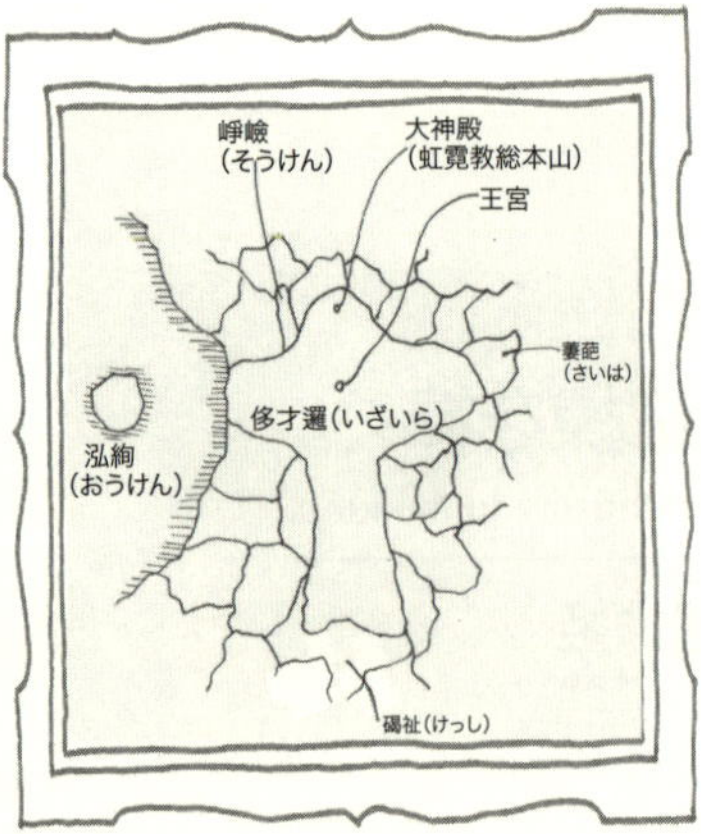

登場人物紹介

■冴紗《さしゃ》――貧しい地方衛士と針子の息子として生まれながら、歴史上初めて出現した虹髪虹瞳のため、虹霓教《こうげいきょう》の最高位『聖虹使《せいこうし》』に祀《まつ》り上げられてしまう。羅剛王と想い合い、現在は侈才邏《いざいら》国王妃でもある。二十歳。

■羅剛《らごう》――現侈才邏国王。虹霓教では『虹』に入れぬ最下層とされる『黒色』の髪と瞳のため、父王はじめ、国内外の王侯貴族らに蔑《さげす》まれていた。だが冴紗を妃に娶《めと》ってから、徐々に人々の信頼を得、賢王となりつつある。二十四歳。

■瓏朱《ろうしゅ》――羅剛の母。美貌と才気を謳《うた》われた弘絢《おうけん》の姫。萋葩《さいは》国王子との婚儀の際、参列していた当時の侈才邏国皇子、皚慈《がいじ》によって略奪された。のちに羅剛を産み、自死。

■永均《えいきん》――飛竜騎士団長。正式職名は侈才邏国赤省《せきしょう》大臣。羅剛の剣の師範。若かりしころ、瓏朱姫が監禁されていた宮の警備兵をしていて、姫と心を通い合わせた。四十七歳。

■皚慈《がいじ》――羅剛の父。他国の王子妃を略奪して戦争を巻き起こし、国内では宗教弾圧も行った。ひじょうに傲慢で残虐な王であったため、十一年前、近衛兵らに弑殺《しいさつ》された。

■隴偖《りょうせい》――弘絢国の末王子。瓏朱姫の歳の離れた弟。羅剛にとっては叔父にあたる。二十七歳。

Ⅰ　王を待つ喜び

高く、低く、風が啼《な》く。

窓を叩《たた》く音が、重い。雨に雪がまざり始めたのかもしれない。

ときは藍月《あいげつ》。下界では、樹木が色とりどりの紅葉を見せ、黄金《こがね》の木の葉を散らす穏やかな時期であるが、標高の高いここ霊峰麗煌山《りこうざん》では、季節がひとつ先を行く。もう雪の花が舞い始めてもおかしくはない。

夕刻、大神殿の私室。

衣装棚の前で、冴紗《さしゃ》はさきほどから衣装選びに迷っていた。

……ああ、…どれにいたしましょう。羅剛《らごう》さまがいらっしゃる前に、着替えねばなりませんのに……。

迷ってはいたが、心はたいへん浮きたっていた。

明日から、久方ぶりに二週のお休みをいただけるのである。

大神殿でのお勤めを軽んじているわけでは、けっしてないが、やはり恋しいお方と長いときを過ごせるという期待と喜びで、胸がふるえる。

「雪が降ってきたのでしたら、厚地のもののほうがよろしいでしょうね」

まだ王にお目にかけていない衣装は、どれとどれであったか。

むろん、冴紗の装束は、すべて羅剛王からいただいたもの。どのような服を持っているかなど、王は一枚残らずご存じのはずだが、——冴紗が新たな衣装を身に着けると、そのたび目を細めてお褒めくださるのだ。

よう似合う。麗しいぞ、と。

……羅剛さま……。

王妃とさせていただいて、すでに数か月が経つというのに、心のなかで王のお名を想うだけで胸がとどろく。せつなさと、恋しさと、尊敬と、…あの素晴らしい方のお姿、お声、香り、抱き締めてくださる腕の強さ、逞《たくま》しさ、……いつのまにか冴紗は、衣装を胸に抱き込み、立ちすくんでいた。

幸せで幸せで、涙がこぼれそうだ。

……婚姻の儀以来ですね。二週も、羅剛さまとともに過ごせるのは。

しかし、冴紗は、『修才邏《いざいら》国王妃』であり、虹霓教《こうげいきょう》最高位『聖虹使《せいこうし》』の身。のんびりとした休みだけではなく、むろん公務の予定もある。

このたびは、歴代の『聖虹使』として初めて、国外行幸《ぎょうこう》をすることになっているのだ。

それも、行幸先は、羅剛王の母君、瓏朱《ろうしゅ》さまのご生国、『泓絢《おうけん》』なのである。

宙にむかい、だれにともなく語りかける。

「まこと、夢のようでございます」

「修才邏国王妃として、萋葩《さいは》の凪波《なぐは》さまのご生誕祝賀に参ったことはございますけれど、『聖虹使』としてのお役目中は、本来、大神殿から一歩も出てはならぬ決まり。ですのに、羅剛さまも、最長老さまも、快くお許しくださって」

行幸の件が決まってから、冴紗は今日の日を指折り数えて待っていた。

冴紗の大神殿でのおもな仕事は、民を相手の謁見《えっけん》であるが、本日のお務めはすでに終わり、これから王がお迎えに来てくださる。明日からはふたりきりで三日間を過ごし、四日目の早朝、騎士団の飛竜四十九騎、神官七名とともに、泓絢へと赴く。

大神殿の謁見の間以外では、民と会うことすら許されぬ『聖虹使』が、みずから大神殿以外に、それも他国へと正式訪問するのは史上初のこと。そのために、羅剛王は、壮麗な行幸支度を整えてくださった。

「ほんに、……羅剛さまのお心づかい、胸に沁《し》みまする」

であるのに王は、冴紗が感謝の意を伝えても、

『それほど褒めんでも、べつに俺ひとりの働きではないわ。俺は命を出しただけだ。…おお、そうだ。おまえの落とした萋葩が、虹織物の名産国であったろう？　礼なら、虹布を

山ほど献上してきた凪波どのにでも言うておけ』

と、照れくさそうなお顔で、たいへんご謙虚な物言いをなさるのだ。

なんとお心の広いお方なのであろうと、冴紗はひとしきり睫毛《まつげ》を濡《ぬ》らした。そして、羅剛王のようなご立派な方の妃となれた我が身の幸せを、あらためて噛《か》み締めたのである。

「それにしても、……『聖虹使冠《かん》』とは、いったいどのようなものなのでございましょう……?」

気持ちは浮きたっているが、――じつはこたびの泓絢行幸は、ただの他国訪問ではない。

冴紗にはたいへん重い任務が課せられているのだ。


ことの起こりは、――羅剛王のご父君、皚慈王《がいじおう》の御代のこと。

『虹霓教』は、あまねく世の人々に信仰されている宗教であるが、その総本山である『麗煌山大神殿』を擁する国の国王であるにもかかわらず、皚慈王は虹霓教をひじょうに忌《い》み嫌い、苛烈な宗教弾圧を行った。

修才邏各地にあった虹霓教神殿の神官たちは、片端から捕らえられ、残酷極まりない拷《ごう》問《もん》の末、惨殺。当時は見せしめのため、あちこちの広場に神官の首が晒《さら》されていたという。

神官たちだけではない。皚慈王は、一般の民にまでも『虹霓教』を捨てるようにと厳しい王命を発し、虹霓神を拝むどころか、神の名を唱えているだけで、老若男女関係なく、たとえ子供であっても瀕死《ひんし》の重病人であっても獄《ごく》へと収監する始末。

とうぜんのごとく人々は怯えた。どの家の扉も窓も、つねに固く閉ざされ、街を歩く者とてなく、じつに暗鬱《あんうつ》とした時代であったという。

しかしそのような迫害のなか、生きのびた神官たちも、ごくわずかではあるが、いた。人目につかぬ場所に隠れ住んだ者、虹霓教を捨てたと見せかけ、市井《しせい》の生活へと融《と》け込んだ者、さらには、他国へと出奔《しゅっぽん》した者……。

その際、出奔した多くの神官たちの逃げ込んだ先が、『泓絢国』だというのだ。

泓絢は、瓏朱姫が攫《さら》われた一件で、略奪犯の戩悊をたいへん憎んでいた。敬虔《けいけん》な虹霓教信仰国でもあった。ゆえに、宗教弾圧で命を脅かされている神官たちを、できうるかぎり受け入れたのだという。

宗教弾圧の嵐が吹き荒れた間は、あちこちの神殿が焼かれた。虹霓教の聖地『大神殿』とて例外ではなく、幾度も焼き打ちの危機にさらされた。

当時の大神殿務めの神官たちは、最期まで大神殿を守り抜く決心を固めていたが、最悪の事態を考え、数名の神官が、命を賭《と》して宝物の幾つかを安全な地へと運び出した。『聖虹使冠』というのは、そのなかでもっとも貴重かつ重要なもので、それがいま現在も泓絢に保管されている、というのである。

泓絢国大使から大神殿へと宛《あ》てられた書状の最後は、このような文章で締めくくられていた。

【我が国は、虹霓教信仰国の当然のつとめとして、世の至宝『聖虹使冠』を、一時お預かりしていただけでございますゆえ、このたび新たな聖虹使さまがお立ちになられました以上、冠は正しきご所有者にお戻しする好機と思われます。

当時国外逃亡をした神官たちも、みな老い先短い身となっており、虹髪虹瞳《こうはつこうどう》の神の御子《みこ》さまがご即位なされ、迫害が沈静化した修才邏への帰国を切望いたしておりますが、いったんは国を捨てた身、戻るに戻れぬ状況でございます。

御子さまに聖虹使冠を直接ご返還申し上げたい、ということがこのたびの第一の儀でございますが、虹霓教を捨てず、信仰を貫き通した心清き神官たちにお慈悲《じひ》の恩赦《おんしゃ》をお与えくださるためにも、なにとぞ我が国に聖虹使さま御みずからのご光臨《こうりん》を賜りたく、ひらにひらにお願い奉る次第にございます】

冴紗は衣装棚の前で思案に暮れていた。

「困りました。もうすぐ羅剛さまがいらしてくださいますのに……」

どれにするか、という以前に、『聖虹使』の際に着用する『虹服』と、修才邏国王妃の際の、『銀服』、どちらを着たほうがいいのかさえ、いまだ決まらぬ。

恥ずかしく思う。

……わたしは、女性ではありませんのに。このように衣装で迷うとは……。

それでも、恋しい人にすこしでも良い姿を見せたい想いは、男女とわずおなじであろう。

ただ、言い訳をするわけではないが、量があまりにも多すぎるのだ。

謁見用の裾を引き摺《ず》る長衣から、普段着、寝巻きまで、冴紗の衣装は、他の者がけっして着用を許されぬ第一級の禁色《きんじき》『虹』。

それに加え、各国の王妃しか着用を許されぬ『銀』。

大人の男性の背丈をもとにした長さの単位が『一立《りゅう》』であるが、衣装棚は、虹服の棚が横幅三立、銀服の棚も三立、計六立ほどもある。とうぜん虹銀どちらも百着以上掛かっている。それだけではなく、靴や宝飾品もあるので、ついには冴紗の私室に入りきらなくなり、先日新たに衣装部屋をひとついただいたほどだ。

しかも、それは大神殿だけの話で、王宮にも新宮にも、さらに数十倍、数百倍の衣装があるのだ。そちらは、『部屋』などでは入りきらぬため、衣装用の『別宮』を幾つもいただいている。

……羅剛さまご自身は、いつもおなじ作りの、黒のお衣装しかお召しになりませんのに。

冴紗のためには、あとからあとから、衣装やら靴やら飾りやらをお作りくださる。

『おまえを美しく着飾らせるのが、俺の楽しみなのだ。文句は聞かぬ』

笑いを含んだお言葉を思い出す。

『数百年ぶりに、修才邏出身の聖虹使が着位したのだぞ？　それもおまえは、虹の髪、虹の瞳などという史上初の存在だ。…そのうえ、俺の妃となった。修才邏の威信《いしん》をかけて、華やかな衣装を整えるに決まっておろう？　おまえにみすぼらしい格好などさせておったら、俺が恥をかくのだからな』

傲慢《ごうまん》を装いつつも、王のお言葉は、つねに冴紗への思いやりに満ちている。

幼子《おさなご》、と王はよくおっしゃる。

冴紗は二十歳《はたち》を超え、世の最高位『聖虹使』の身分ではあるが、王にそう言って抱き締めていただくと、涙が出るほど幸せな心地となれる。

平民出身であるにもかかわらず、ただ髪と瞳の色が『虹色』だというだけで、『神の御子』として崇《あが》め奉られ、冴紗は長年、申し訳なさと忸怩《じくじ》たる思いに苦しめられてきた。

人々の望む『聖なる神の御子《みこ》』とはほど遠いおのれを恥じ、心を押し殺し、偶像のごとき『聖虹使』を演じてきた。

だが、あの方の胸のなかにいるときだけ、自分は『人』となれる。

笑い、泣き、甘え……けれど、そのようなわがままを、羅剛王は広いお心で、すべて受け止めてくださる。

「……羅剛さま」

あの方がいらっしゃるから、自分はいままで生きてくることができた。

あの方のためなら、これからどのような艱難辛苦《かんなんしんく》が降りかかろうと、耐えていくことができる。

「わたしほど幸せな者は、この世におりませぬ」

あなたさまの愛をいただける喜びを、冴紗は日々感謝して、生きております。


かなりのときを要し、たくさんの服のなかからようやく銀服の一枚を選び出し、身に着けたところで、――叩扉《こうひ》の音。

「冴紗さま、お支度はおすみですか？　外は急に吹雪《ふぶ》いてまいりました」

あわてて扉を開け、顔を出した。

「ええ。遅くなって、すみません。着替え終わりました。風音が重くなってきましたから、もしやと思いましたが、……やはり雪がひどいのですね？」

先月入殿したばかりの神官は、冴紗の顔すらまともに見られぬ様子で、赤面してうつむきながら、

「……あ、あの、……いかがなさいますか？　小竜で伝書を出しましょうか？」

神官たちの、自分に対してのおかしな態度はいつものことなので、あえて気にせぬことにしている。

高位の者に対して、まともに対応できぬのはとうぜんだ。自分とて、この大神殿にあが

ったばかりのころは、最長老さまや長老さま方の前では、気おくれして、ろくに口もきけなかったではないか。

とはいえ、畏《かしこ》まらずともよいのですよ？　と伝えたら、神官たちはかえって畏縮《いしゅく》してしまうであろう。冴紗は気づかぬふりをするしかないのだ。

すこし考え、質問に答えた。

「いいえ。飛ばしても、行き違いになってしまいましょう。この時刻ですと、もう羅剛さまは王宮を飛びたたれているはずですから」

それに、冴紗は確信していたのだ。

どのような荒天になろうとも、羅剛さまは、かならずいらっしゃる。

あの方は、約束をたがえるようなことはなさらぬ。

「わたしは、屋上で、飛竜の到着をお待ち申し上げます」

まだ三十前後であろう新入りの神官は、おろおろとあわてるさまとなった。

「……い、いえ！　それでしたら、わたくしどもが屋上に立ちます！　冴紗さまがお風邪《かぜ》でも召されたらたいへんでございます！」

冴紗はかるく笑んだ。

毎回毎回言われる言葉だが、神官たちはみな心配のしすぎだ。

恋しいお方がいらしてくださるというのに、悠長に屋内で待っていることなどできぬし、このような熱き想いをかかえた自分に、風邪《ふうじゃ》など入り込む余地はないはず。

「お心づかいはありがたいのですが、みなさまこそ、お勤めがあるのですから、寒い思いなどさせられません。わたしのことならご案じにならずとも、扉の内側で待っておりますから、…みなさまは、お願いですから、なかにいてくださいませ」

飾り布を頭からかぶり、冴紗はひとり屋上への階《きざはし》を昇った。


そうはいっても、吹雪は想像以上であった。

扉をほんの少々開けて覗《のぞ》いただけで、吹きつける風が、痛いほどに頬《ほお》を打つ。

しばらくすると、夜の帳《とばり》が下り始めたが、雪の激しさで、闇さえ白んで見えるほど。

身を切るような寒さに襲われつつも、待ちつづけ、――そうして、四分の一刻ほど経ったころか。

吹雪のなかから、突如として黒い影が現われ出《い》でた。

むろん、羅剛王である。

飛竜が屋上に降り立ったとたん、弾《はじ》かれたように扉を開け、冴紗は王のもとへと駆け寄っていた。

「羅剛さまっ！」

飛竜から飛び降り、荷を降ろしていた羅剛王は、冴紗の声で振り返った。

「来るな、馬鹿者っ！　なにゆえ屋内におらぬっ⁉」

風にあおられ、よろめきつつ、吹きすさぶ吹雪の音にあらがうように、冴紗も声を張り上げた。

「ご無理をおっしゃらないでくださいませ！　このような吹雪のなか、お迎えに来てくださいますのに、屋内などで待ってはおられませぬ！」

王は外套《がいとう》の裾を持ち、雪から護《まも》ろうとするように、冴紗の頭からかぶせた。

「話はあとだ。早うなかに戻れ！　おまえまで凍えてしまう！」

冴紗の足元に視線を流した王は、いらだった声を上げた。

「靴まで、そのような薄ものを！　もっとしっかりした厚手の靴を渡しておろうがっ？」

あいかわらず、なんとお優しい方なのかと胸がふるえる。

……ご自身は、寒風吹きすさぶ大空を長く飛んでいらしたというのに……ほんの一瞬、雪がかかっただけのわたしのことなど慮《おもんぱか》ってくださって。

冴紗が押しとどめたため、最上階までは昇ってこなかったが、高位の神官たちは階下に集い、王の到着を待っていた。

「いらせられませ、王よ」

一歩進み出た最長老が、穏やかに語りかける。

「ずいぶんと荒れた天候になりましたな。お寒うございましたでしょう」

王はいつもどおりの無愛想な口調で返す。

「藍月《あいげつ》だ。寒いのはあたりまえだ。これしきのことで泣きごとを言うほど、俺は脆弱《ぜいじゃく》な男ではないぞ」

「ええ、ええ。存じておりますとも」

「すぐにでも冴紗を連れて帰りたいところだが、吹雪がやむまで、しばらくのあいだ待たせてもらうからな」

「さようでございますな。冴紗さまが体調でも崩されてしまいましたら、たいへんでございますからな。四日後からは大事な行幸のご予定ですのに」

最長老がのんびりとした語り口調であったためか、王は眉間《みけん》に皺《しわ》を寄せた。

「そう思うのなら、冴紗を屋上になど立たせるな。これはあまり身体が丈夫ではないのだぞ？　……ああ、言い訳など言わんでもわかっておる。止めはしても、どうせ冴紗が勝手に立ったのだろうが、…それでも、止めろ。冴紗がとやかく反論したら、俺の名前を出してでも、止めろ。こいつは、それくらいきつく言わんと聞かぬ。ほんに、おとなしそうな外見とは裏腹に、昔からひどく頑固で、はねっかえりだったからの」

ですが羅剛さま、…と冴紗が口を出そうとした矢先、王は最長老に違う話を振り始めた。

「ところで、じじい。行幸と言えば、――冴紗の随行者は、決まったのか？」

このたびの行幸目的は、『聖虹使冠の受け取り』と『出奔した神官たちの引き取り』であるが、いくらこちらが虹霓教総本山とはいえ、本来ならば、大神殿側が進めねばならぬ話。わざわざ返還を申し出てくれた泓絢側には、最大限の誠意を示さねばならぬ。

だが冴紗は、大神殿で起居する神官のなかでは、最年少なのだ。

宗教弾圧時の詳細も知らず、ましてや立場上は『神の子』であるのだから、『人』としての会話、折衝《せっしょう》も許されぬ。

ということで、あるていど格上の神官を七名随行させようと、そこまでは決まったのだが、…なにしろ、冴紗に次ぐ高位の『最長老』は、齢《よわい》九十をこえている。五人いる『長老』たちでさえ、みな七十、八十という年齢だ。この時期、飛竜に乗せるのはあまりに酷であろう。かといって、宗教弾圧が収まったあとに入殿した神官たちは、みなまだ若く、五十にもなっていない。神官としての経験も乏しく、位もとうぜん低い。

そういうさまざまな理由で、随行の神官選びに苦慮していたのである。

最長老が口を開く前に、王は念を押す。

「ああ、貴様が行くという話は、何度乞われても、俺が許さんぞ。じじいに真冬の旅などさせて、くたばられた日には、冴紗の肩に、これまで以上の負担がのしかかるのだからな。なんだかんだ言っても、貴様は、父の宗教弾圧から、のらりくらりとうまいこと生きのびてきたのだ。貴様ほど、根性とずる賢さを兼ね備えた奴はなかなかおらんだろう。こちらにとっても役に立つのだから、せいぜい長生きしてもらわねばならん」

ほっほっほ、と最長老は白鬚《しらひげ》を撫《な》でつつ、愉快そうに笑い、

「むろん、じじいは、ずる賢く長生きさせていただきますがの、…そうですな、いちおうは長老のふたりと、あとは若い者を選びましたでのう。出発前には、騎士団の方々に、迎えのご足労を願うようですな」

隣国とはいえ、泓絢は島国なのである。地を駆ける走竜と船を使って行くのでは、辿《たど》り着くのに一週間以上かかる。

その点、『飛竜』を駆れば、ほんの七、八刻で着く。

が、騎竜訓練を受けておらぬ神官たちは、雲の上を行く飛竜を乗りこなすことなどとうていできぬため、『飛竜騎士団』の者たちが、一騎にひとりずつ同乗させるのだ。

王は、うむ、とうなずく。

「そうか。決まったのなら、よい。前日の昼前までには騎士団の者をよこすから、行く予定の者たちは出立の支度を整えておけ」

じろりと、最長老の黒神官服に視線を飛ばし、

「支度、と言うても……どうせ貴様らは、その小汚い神官服を着て行くのだろうが、…まあ、よい。冴紗のための服と装飾品は、俺のほうで最高のものを作らせておいたからな。ついでに、華々しい随行支度も用意した。——なにせ、『聖虹使冠』とやらの口実で、わ

ざわざ冴紗を呼び寄せようというのだ。こちらもせいぜい派手に威嚇《いかく》してやらねばな」

最長老も、にこやかに先を促す。

「ほう。威嚇、とおっしゃいますと？」

「修才邏の国力を思い知らせてやろうと思うてな。泓絢などとは比べものにならぬ、我が国の偉大さを、な」

王は、ふふん、と鼻高々な様子で笑い、荷を床に下すと、身振り手振りつきで具体的な説明を始めた。

「地は、虹飾りの走竜千騎を行かせ、空は、俺と冴紗の乗った飛竜を中央にはさんで、…ああ、むろん、冴紗には、きらきらしい衣装を身につけさせて、だぞ？　その両側、騎士団の竜を、横一列に編隊飛行させるのだ。おのおのの竜にも飾りを施し、竜同士も、それぞれを繋《つな》ぐように長く虹布を渡す。地上で見ている者どもには、それこそ『巨大な虹が蒼《そう》穹《きゅう》を渡って行く』かのごときさまに見えるだろうよ」

最長老はじめ、神官たちはその光景を瞼に思い描いたようだ。みなが感嘆の声を上げた。

「それはそれは！」

「さぞ神々しきさまとなりましょう！」

王は気色満面の様子だ。

「そうであろ？　俺もなかなか良い案を考えたと、自画自賛しておるところだ。…ああ、もっと詳しく言うてやると、冴紗の額飾りはの、大粒の虹石と七色の宝石で作らせたのだ。仮面も、虹布を精巧に織り上げ、刺繍《ししゅう》を施し、小粒の虹石と宝玉で、これまで以上に華やかな作りにしての、衣装は、裾を引く荘厳なもので、首からは、虹糸刺繍の煌《きら》びやかな絲《し》帯《たい》と、首飾り、手首の飾りと、…おお、忘れてはならぬのが、飾り弓だが、…貴様らも知っておろう？　冴紗はまさしく修才邏随一の弓の名手であるからの。ただの腰飾りなどではなく、本式の弓矢に、やはり虹飾りをつけたのだ。――どうだ、すごかろう？　貴様らの言葉ではないが、じつに神々しい装束だぞ？」

みなが、子供のように手を打って同意する。

「さすがでございますな！」

「王でなければ、そこまでの豪華なお支度は整えられませぬからな！」

褒められて、王はほくほく顔だ。

「とうぜんだ。俺以外には、だれもできぬわ。…こたびの行幸が終われば、一式を大神殿に奉納してやるからの。先々、冴紗が行幸する際に使えるようにな」

「はい。心よりお待ち申し上げております」

「あまりの輝きに、きっと泓絢の奴らは、地に這《は》いつくばって拝むであろうの。それを想像しただけで、痛快な心地となるわ」

つねはとげとげしい会話ばかりの王と神官たちが、めずらしく話を弾ませている様子ではあったが、冴紗は少々強引に割って入った。

「……あの、申し訳ないのですが、お話はのちほど、ということで。――羅剛さまは寒空を飛んでいらっしゃったのですから」

さきほどから、気が気ではなかったのだ。

王の外套にかかった雪が解け、床に水滴が落ち始めている。きっと服のなかまで濡れてしまっているはずだ。

冴紗はだれの返事も聞かず、王の手を引いた。

「どうぞ、羅剛さま、まずはわたしの部屋へいらしてくださいませ。火を熾《おこ》しますゆえ」

修才邏の冬は、さほど厳しくないとはいえ、大神殿は標高の高い霊峰麗煌山の頂に建つ。必然、屋内も身の凍るような寒さなのである。

王は面食らった様子だ。

「……あ、ああ。それはかまわんが……」

冴紗は言い訳をした。

「ここには、わたしの部屋と、あとは謁見の間にしか暖炉がございませぬ。ですが、謁見時間はもう過ぎてしまいましたので、あちらの火は落としてしまっているのです」

言いながら、掴《つか》んだ王の手袋がぐっしょりと濡れているのを察し、よけいに気が急《せ》いた。

最長老たちには、軽く会釈し、

「羅剛さま、どうぞ、いらしてくださいませ。お願いですから」

ぐいぐいと手を引き、私室まで促そうとする。

なのに王は、冴紗があせればあせるほど、なぜだかにやにやとお笑いになるのだ。

「行ってやるから、そう急かすな。ほれ、荷も運ばねばならぬのだぞ？」

わざとらしくのんびりと荷を持ち上げ、悠々と歩を進められるので、どうしても冴紗が先に立ち、さらにぐいぐいと手を引っ張るような格好となる。


ようやっと私室に引き入れたのだが、――そのとたん、どさりと荷を手から落とし、王は冴紗を抱き締めたのだ。

「……ぇ……っ」

はっとしたように王は冴紗を身から離し、照れくさそうに笑んだ。

「すまぬ。おまえまで濡れてしまうな」

「いいえ、いいえ。かまいませぬ」

たった一回の抱擁で冴紗の服まで湿ってしまうほど王のお召し物はぐしょ濡れであったが、なればなおさら急がねばならぬ。

逸《はや》る想いで暖炉に火を入れ、すぐさま王の外套をお脱がせする。

それだけで、お身から、ひやりとした冷気が伝わってくる。冴紗は悲鳴のような声を上げてしまった。

「こんなにお身体が冷えて……！」

羅剛王は愉快そうに笑った。

「冷えようが凍えようが、おまえに逢《あ》いたい想いのほうが強いのだ。そのくらいのこと、わかっておろうに？」

王のおからかいはいつものことであるが、今日は反応もできぬ。

暖炉のそばまで椅子《いす》を持って行き、

「こちらにお掛けくださいませ！」

肩を押さえつけ、なかば強引に座っていただく。

その前に膝をつき、次は濡れた手袋をお脱がせして、冴紗はまたもや悲鳴を上げることとなった。

「お手もこんなに冷たくなって！　氷のようではございませぬか！　…ああ、お話など早くお止めして、暖まっていただければよかった」

両の手で包み込んでも、冴紗の手では王の大きな手は包みきれぬ。ほとんど発作的に、みずからの衣服の胸元を開け、王の手を素肌の胸に押しあてていた。

それまでは、にやにやとなすがままであったのだが、

「な、なにをするっ、馬鹿者がっ！　冷えた手などかかえるな！」

王は驚いたように手を引こうとした。それでも冴紗は離さず、言い返した。

「かまいませぬ！　わたしのためにわざわざお迎えに来てくださったのに、これくらいのことはさせてくださいませ！」

たしかに王の手は氷のように冷え切っていた。胸に触れただけで、心の臓が跳ね上がってしまったほどだ。だからこそ冴紗はおのれの熱を差し上げるつもりで、恋しいお方の手を胸にいだき込んだ。

……らごうさま。羅剛さま。

どうぞ、この身で温まってくださいませ。

わたしの熱などすべて差し上げますから、どうぞ、暖をとってくださいませ。

睫毛を伏せ、冴紗は必死に願った。

ふと、息が睫毛にかかった。

「おもてを上げよ」

はっとして顔を上げると、王は身を屈《かが》め、唇を重ねてきた。

「……ぁ……」

羅剛王は優しく笑む。

「自分からそのようなことをしておいて、俺がくちづけたくらいで驚くのか？」

「……そ、それは……はしたないことをいたしましたが……」

「冷えておるのは、手だけではないのだぞ？　唇も、むろん身体も、すべてが凍えておるのだ。おまえの身体でぬくめてくれるのか？」

冴紗はあわてた。とうぜんだ。どうしてそこまで気がまわらなかったのか。

「申し訳ありませぬっ。気づきませんで……ああっ、どういたしましょう？」

暖炉のほうに視線をやっても、火はちろちろと赤い炎を上げ始めたところだ。部屋全体が暖まるまで、まだ時間がかかる。

「濡れたお召し物は、お脱がせしたほうがよろしいのでしょうか……？　けれど、お寒くはございませんか？　…いえ、濡れたままお召しのほうが、お寒うございましょうか…？ほんに、申し訳ないことで、…この部屋の暖炉には一度も火をくべたことがないものですから、着きが悪いようで……」

ちらりと、背後の寝台に視線を飛ばす。

ならばいっそのこと、お言葉どおり、この身で暖まっていただいたほうがよいか。

それでも、外套や手袋ならば、冴紗でもお脱がせできるが、お召し物すべてをお脱がせするのは、羞恥心《しゅうち》が邪魔をして無理そうだ。

幾度も幾度もお情けはいただいていても、冴紗はいつもされるがまま、王に身を任せているだけなので、みずから行動を起こしたことなどないのだ。

そこで、はっとする。

……いえ、いまは閨《ねや》で睦《むつ》むわけではないのですから……お身を暖めて差し上げるだけなのですから……。

そうは思っても、やはり修才邏国王のご尊体に軽々しく触れていいものかと、逡巡《しゅんじゅん》してしまう。

ふふふ、と王は愉快そうに笑った。

「冗談だ。案ずるな、と言いたいところだが……今日はおまえの愛らしい狼狽《ろうばい》のさまを見られたのだからな、もう少々、弱ったふりをしていてやろうかの」

思わず言い返してしまった。

「笑いごとではございませぬ！　御身は修才邏の、尊き王でございますのに、ご無理ばかりなさいます！」

「しかたないではないか。何度も言わせるな。吹雪であろうがなんであろうが、一刻も早くおまえに逢いたかったのだ。おまえはちがうのか？　……ん？」

からかうような口ぶりである。冴紗は、上目づかいでかるく睨《にら》んでしまった。

「お逢いしたい気持ちなら、冴紗とて負けはいたしませぬ」

王は声を上げて笑った。

「ならば素直に喜べ」

なぜだか喉《のど》が鳴る。

まるでくちづけをせがんでいるようで、冴紗は恥じた。

「どうした？　なぜうつむく？」

わずかに視線を上げると、王のお顔が間近に。

いまごろになって、おのれのした行為の卑猥《ひわい》さに気づいた。

……こ、これでは、わたしから羅剛さまに睦みをねだっているような……。

なんと畏れ多く、恥知らずなまねをしてしまったのかと、羞恥で頬が赤らむ想いであった。

しかし、冴紗のそのような心の変化を、王は見抜いていらっしゃったようで、お言葉はさらに冗談めいたものとなる。

「神官どもも、目を丸くしておったぞ？　おまえが人目もはばからず、俺の手を引いて、なおかつ自分の部屋に引き入れようとしたのだからな。それも、大事な会話を遮ってまで、な。なかなかの見ものであったぞ？」

「……それは……ですが……」

「手はぬくまってきたぞ？　ほれ、このように、楽に動く」

さわさわと冴紗の肌を撫で、意地悪く、胸の木の実を弄《いじ》るのだ。

「ら、ごう、さまっ」

思わず身を離そうとすると、王はすかさず冴紗を抱きすくめる。

膝《ひざ》立ちの脚が、小刻みに震え出した。

王は上から冴紗の瞳を覗き込む。

「怯《おび》えるな、…と言うても、まだ俺が怖いか？」

「怯えているわけでは……」

自嘲的に、王は唇を歪《ゆが》める。

「よい、おのれでもわかっておる。いまの俺は、獣の目をしておろう？　…おまえを欲して、飢えているけだものだ」

毎回、ふいだ。

冴紗は声も出ない。

お言葉は、たしかに真実なのだ。冴紗を見て優しくほほえんでいてくださるときは、おだやかな色であるのに、王の瞳は、ふいに凶暴な色を帯びる。それは、『獣の目』というのがもっともふさわしい表現かもしれない。

「おまえを喰《く》い殺したいのだ。骨のひとかけら、髪のひと筋に至るまで、喰い尽くして、俺のものにしたい。おまえに触れられるだけで、俺は、狂う。恐ろしいのはとうぜんだ。おのれでさえ、この獣欲は、抑えきれぬのだ。…おまえがいとしくていとしくて…」

王の指が、冴紗の唇を刷《は》く。

「この、花の香よりもかぐわしい唇を貪り、」

次は、喉。

「この、柔らかく、真白き喉笛に喰らいつき……」

胸に落ちてくる。

「おまえの、脈打つ心の臓を喰ろうてしまいたい」

かろうじて、言葉を吐き出せた。

「冴紗は、御身のものでございます。なにも恐れはいたしませぬ。どうぞ、喰ろうてくださいませ。御身の血肉となれるならば、それ以上の幸せはございませぬ」

ふん、と王は嗤《わら》う。

「おまえと離れているとき、俺がどれだけ苦しめられているか、……おまえは知るまいな」

「……羅剛さま……」

「手足切られたほうがまだましであろうと思うほど、胸が痛むのだ。せつなくて、苦しくて………いっそおまえを喰ろうてしまえば、痛みは治まるのか、この身が餓《かつ》えることはなくなるのか、と………」

王は、またふいに手を離した。

「馬鹿者が。本気で喰いたいわけではないわ。…だからおまえは、幼子だと言うておるのだ。——男の恋の激しさを、言うておるのだ。俺が、それだけおまえを求めている、ということだ」

冴紗は困惑した。王のお言葉は、難しすぎて、理解しがたいのだ。

おずおずと、尋ねてみる。

「……いかがいたしましたら、…よろしゅうございますか…？　冴紗は、血のひとしずく、髪のひと筋にいたるまで、御身のものでございますのに。羅剛さまは、なにゆえ、お苦しみになられます…？」

重ねて、尋ねる。

「……もしや……わたしは、御身にご不快な思いをさせておりましょうか……？」

王は不思議な笑みを浮かべる。

「いや、……不快なのではない。おまえは、いつも俺を喜ばせる。愛らしく、しとやかで、俺を心より敬う。……なのに、…おのれでも、ようわからぬ。いとしさが、胸のなかで荒れ狂うのだ。おまえに触れているときが幸せであればあるほど、離れる日々を予想して、恐ろしくなる。いないときの苦しみが増してしまう」

「それは、冴紗もおなじでございます。この身をふたつに裂いて、半身を羅剛さまのおそばに置いておきたいくらいでございます。…いえ、正直を申しますと、心は、……いつも、おそばに飛んでおりまする」

王の返事は、

「………かなわぬな、おまえには」

であった。

唇が苦笑を刻んでいる。

「俺を籠絡《ろうらく》する。狂わせる。…その瞳、その物言いで、ほかの男には、けっして語りかけるでないぞ？　俺のような恋狂いを、これ以上増やしたくなければな」

「羅剛さまは、幾度もそのようなことをおっしゃいますが、——ならば、羅剛さまも、ほかの方には、けっしてほほえんで語りかけないでくださいませ。みながみな、御身に恋をしてしまいますゆえ」

つんと言い返したせいか、王は呵呵大笑《かかたいしょう》のさまとなった。

「俺に恋する者など、世のどこにもおらぬだろうが、……いまの物言いは気に入ったぞ。おまえのすねたさまは、たいそう愛《う》いからな」

「そのようなことは、ございませぬ！」

冴紗がふくれても、王はご機嫌な様子だ。

「まあ、いい。明日からしばらくは、この辛気臭《しんきくさ》い場所からおまえを連れ出せるのだからな。王宮の厨番《くりやばん》たちも、おまえのために腕を振るっておるぞ。…むろん、俺もおまえのためにあれこれ用意しておるのだ。すこしだけ話してやるが、——女舞踊《おんなぶよう》の一団なども、王宮に招いておるのだぞ？」

「え⁉」

顔が輝いてしまったらしい。王は満足げな笑みになった。

「おまえ、おのれではなにも望まぬが、俺とともに舞いを観るのなら、愉《たの》しむことができよう？」

「はい、それはもちろん！」

王とともにときを過ごせるならば、たとえ娯楽などまるでない最果ての地でも幸せであろうが、冴紗も人の子、華やかな歌舞を見られると知れば、やはり心弾む。

王の笑みは深まる。

「萋葩の、あの憎らしい男の催した宴《うたげ》でも、おまえ、ちらちらと舞いを観ておったからの。そうではないかと思うておった。――だがの、こたびの休みのために用意した趣向は、それだけではないのだぞ？　おまえが、前々から願っておったことがあろう？」

「……え？」

「ほれ。思い出してみろ？」

首をかしげて、考えてみる。

「思い出してみろ、とおっしゃいましても……」

「ほれ、前に言うたろう？」

冴紗の髪を指先に巻き、くちづけながら、茶化すような眼をなさっていたが、けっきょくは焦《じ》れて、ご自身で語り出してしまった。

「しかたないのう。思い出せぬのか？　なら、言うてやるが、——身分を秘して、街なかを自由に散策したいと、以前申しておったではないか」

喜びを隠しきれず、冴紗は手を叩いて声を上げていた。

「ええっ⁉　もしや、お許しくださるのですかっ？」

目を細め、王は冴紗の頬を撫でた。

「そうかそうか、それほど嬉《うれ》しいか。おまえはほんに、隠しごとのできぬたちだのう」

冴紗は王の手に自分の手を重ね、頬を擦り寄せた。

「それは無理でございます。ほんとうに嬉しゅうございますゆえ」

「美優良《みゆら》王女の、崢嶮《そうけん》の衣装を見てな、思いついたのだ。あのような被りものをすれば、おまえの虹髪虹瞳も、人には見られぬ。俺がともに歩き、警備の者をうまく配置すれば、街なかも、しばしのあいだなら歩かせてやれるのではないか、とな。…それが望みであったろう？　修才邏国王妃でもなく、聖虹使でもない、ただの民草のように、街の市場などを巡りたいと」

胸が高鳴った。同時に、王のお心づかいに涙が溢《あふ》れてきた。

以前、そのようなことを言うた覚えはある。だが、生涯叶《かな》うはずもない夢だと諦めていた。自分の虹髪虹瞳は、目立ちすぎる。立場上も、けっして許されるはずがない、と。

「そういうわけで、衣装を作らせておいたのだ。崢嶮ふうなので、色は地味な茶色だが、…かえってよかろう？　虹服や銀服で街など歩いたら、すぐさま民どもに取り囲まれて、拝まれてしまうからな」

王は、ご自慢のご様子で付け加える。

「道も、永均《えいきん》らとともに、幾度も調べておいた。おまえが歩いても問題ないくらい、美しく安全な通りを選んだのだ。もうすでに私服の警備兵を紛れ込ませてある。明日か明後日か、晴れた日を選んで出かけるぞ。俺が、我が国の王都を案内《あない》してやろう」

感動のあまり、声がふるえてしまう。

「嬉しゅうございます、羅剛さま。ほんに、……なんとお優しい……」

王は冴紗を見つめ、真摯《しんし》な物言いで、

「まちがえるな。俺は優しいのではなく、ただおまえを愛しておるだけだ」

冴紗は自分から倒れ込むように、王の胸にすがっていた。

「いいえいいえ。御身ほどお優しい方はおられませぬ。冴紗は、世界一の幸せ者でございます」

夢のようだ。

虹髪虹瞳のため、冴紗は幼いころより森に隠れ住むことを強《し》いられてきた。

しかし一度だけ、両親が、近くの村の夜祭りに連れて行ってくれたことがある。

夜陰に乗じ、被りものをして、こそこそと盗み見るような状態ではあったが、それでもあの祭りの夜の楽しさは、いまでも胸に残っている。

冴紗は、そっと尋ねてみた。

「……あの、……もし街に出られましたら、わたしは、一度でよいので、『揚げ菓子』というものを、食してみたかったのですが……。昔、夜祭りで見たことがあるのです。屋台の店先で揚げていて、甘くこうばしい香りが遠くにまで漂ってきていました。なれど、その際は、お金がなくて買うことができませんでしたので。…いかがですか？　かまいませぬか？」

「揚げ菓子？　なにやら丸めて揚げて、砂糖をまぶしたものか？　…そのような貧相な菓子を望まずとも、おまえには、国内外から最高級の菓子が、それこそ食いきれぬほど献上されておろう？　厨番に作らせてもかまわぬが、……だが、街なかで食してみたいのなら、かまわぬぞ。昔ということは、親とともに夜祭りに行ったのか？　ならば、おまえにとっては、たいへん良い思い出となっておるのだな」

思いついたように、

「そうだ。先日、おまえの母御の墓を、王宮墓所に移したであろう？　揚げ菓子を多めに買ってきて、父母の墓前にも供えてやるか？　おまえの父母も、懐かしんでくれるのではないか？」

「……はい、…はい。…ああ、ほんに、なんとお優しく、細かい気づかいをなさってくださるのでしょう。…ええ、父母も、喜んでくれると思います。まことに、…ありがとうございます」

王は照れくささそうなお顔となる。

「馬鹿者が。礼なら、あとにしろ。まだ行く前から、そのように涙ぐんでおったら、街など歩けぬぞ?」

そのとき、ためらいがわかるほどの、かすかな叩扉の音がした。

「冴紗さま、王さま。食事堂へおいでになりませんか。温かい飲み物でも、お出しいたしましょう」

王は、不愉快そうに言った。

「せっかく会話を楽しんでおるというに、邪魔をするな、と言いたいところだが、――ちょうどよかった。おまえの色香に負けて、もうすこしで襲いかかりそうになっていたからな。まあ、許してやろう」

冴紗の唇に、かすめるだけのくちづけをして、苦笑する。

「おまえのおかげで十分ぬくまった。…もう、暖炉の火は落としてかまわぬ。これ以上、身体が熱くなったら、抑えがきかぬからな」

Ⅱ　王と神官たちの会話

地階まで下り、食事堂へと入る。

とたん、ふわりと、金銀茶の芳しい香り。

質素を旨とする大神殿ではあるが、謁見に訪れる者たちは、幾日もかけ標高の高い麗煌《りこう》山《ざん》を登って来るため、みな疲労困憊《こんぱい》している。彼らをねぎらうためにも、供する茶だけは、そこそこ質の良いものを取り揃《そろ》えてあるのだ。

最長老は、湯気のたつ茶杯とともに、椅子を勧める。

「どうぞ、こちらへ、王。硬くてみすぼらしい椅子で、申し訳ありませんがのう」

冴紗《さしゃ》と話しているときは終始にこやかであったのだが、王は最長老にはつっけんどんに言い返した。

「いちいちつっかかるな、じじい。冴紗も、貴様らと同様、この椅子に座っておるのだろう？　ならば、俺が座れぬわけがなかろう」

どすん、と腰をおろし、――しかし、あたりを見回して眉《まゆ》を顰《しか》めた。

「なんだ、やはりここにも暖炉がないのか」

「さようでございますな。暑さ寒さを堪えてこその、神官ですからな」

王は、冴紗のほうに話を振ってきた。

「神官たちが飯を食う場所は、ここだけなのか？」

「ええ、そうです」

「では、むろんおまえも、ここで食うているわけだな？」

「はい」

王は仏頂面となり、しばし黙ったあと、

「ならば、——命令だ。すべての部屋に暖炉を入れろ。ここも、ほかの神官どもの部屋も、全部だ。すぐに俺が手配する」

声を上げたのは、冴紗だけではなかった。

「ですが！」

「艱難辛苦を乗り越えるのも、我々の修行でございますゆえ…」

王は厳しく一喝する。

「うるさい。文句は言わさん！　——いいか、貴様ら、よく考えてみろ？　貴様らが凍えるのはかまわんが、冴紗とて凍えてしまうのだぞ？　現に冴紗は、おのれの部屋の暖炉など一度も使ったことがないと言うたのだ」

はっとしたように、神官たちは冴紗を見た。

「それは、まことでございますか、冴紗さま⁉」

「たしかに、薪《たきぎ》がいっこうに減らぬとは思うておりましたが……」

返事に窮していると、王が代わりに答えてくださった。

「あたりまえだろう。貴様らが凍えておるのに、冴紗が、おのれだけぬくぬくと暖炉で温まるような者だと思うておったのか？　どうしてだれもそこに思い至らなかったのだ」

話の途中で、怒りを覚えた様子で、王は唸《うな》るように言葉を吐く。

「そういう意味では、……俺も阿呆《あほう》者だ。……もう、冴紗をここに入れて、五年も経つというに、その間、寒い思いをさせていたというのか……」

いいえ、わたしは大丈夫でございますから、どうぞお気になさらずに、……と言葉を発しかけ、冴紗は、はっとして口を噤《つぐ》んだ。

羅剛《らごう》王の父君、皚慈《がいじ》王の宗教弾圧は、十三年間つづいた。

長い迫害の時代、そのあとの厳しい復興時代を生き抜いてきた最長老さま、長老さま方は、どなたももう無理のきかぬお歳なのである。

王がそうおっしゃってくださるなら、みなさまのお部屋も暖めることができる。

……きっと羅剛さまはそこまで慮って、お怒りを装ってくださったのですね。

胸が熱くなる想いで、冴紗は王を見つめた。

長年のしきたりゆえ、冴紗の力ではどうしようもないと諦めていたが、王のお力なら、大神殿の態勢も変えていくことができるのだ。

それから、…と、王は、じろりと神官たちの衣服を眺め、

「前々から気にはなっておったのだが、…貴様ら、冬のあいだくらい、服を重ねて着ろ。いくら修行のためと言うても、貴様らがそのように寒々しい格好をしておっては、冴紗が気にして、温かい衣服を身に着けられぬではないか。……ああ、それも、文句は聞かぬぞ。今夜から、そうしろ。これは王命だ。王宮に戻ったら、早々に貴様らのぶんの暖かい冬服も届けさせる。早死にして冴紗を悲しませたくないのなら、俺の言うとおりにしろ」

長老たちも、王の意図を察したようだ。

全員、ただただ静かに頭を下げ、感謝の意を伝えた。


場の空気がすこし沈んでしまったようだ。

なにか明るい話題をと、冴紗はとっさに、思いついたことを尋ねてみた。

「そういえば、みなさま。——隴偖《りょうせい》さまは、いつごろお帰りでした？　あちらではお会いできるのでしょうか？」

「隴偖？　だれだ、それは？」

王が怪訝《けげん》そうな顔となったので、最長老が応《こた》える。

「ご存じありませんかな？　泓絢国《おうけん》の末王子でございますよ。瓏朱《ろうしゅ》さまの弟御《おとうとご》、御身《おんみ》の叔父上にあたられるお方ですな。ひじょうに信心深いお方で、一度謁見《えっけん》に参られますと、長ければひと月ほども、謁見者用の宿坊に泊まっていかれるのですよ」

「謁見者用の宿坊だと？」

長老のひとりが説明を付け加えた。

「ええ、むろん、ここは御子さまのお顔を拝することのできる、世で唯一の場所でございますから、民たちは、険しい岩壁を這うようにして、麗煌山を登って来るわけです。宿を貸さなければ、一日で登り、降り切ることなど、よほど頑健な者でなければできませぬ」

「ああ。宿があることは、聞いておる。だが、冴紗の住む最上階とは、はるか隔たった階、であったな？」

「それは、とうぜんでございます。冴紗さまは、神の御子さまであられますから、」

王は挙げ足を取るように、低く言い咎《とが》めた。

「そのわりには、貴様らと同等の、このようなみすぼらしい椅子に座らせて、どうせ飯も貧相なものを食わせておるのだろうが」

いけない。王はなにかご立腹の様子だ。

普段はたいそう優しい方だというのに、ときおり、王はご機嫌が悪くなる。

いまの話の、いったいどこがお気に召さなかったのかわからぬが、冴紗は、おどおどと言い訳をした。

「いえ。それは………お赦《ゆる》しくださいませ。わたしが望んだことでございます」

王はぎろりと、こちらに視線を流し、

「赦すも赦さぬも、おまえひとりだけを祀《まつ》り上げて、ひとりだけで飯など食わせたら、おまえはもっとつらい思いをするだろう。そこを怒っているわけではないわ。この椅子が硬すぎることを怒っておるだけだ。神官どもが、尻を痛めるのは勝手だが、……これも、すぐ替えるからな。もっと座り心地のよいものに」

怒っているわけではないのなら、とにかくさきほどの話をつづけようと、冴紗は最長老に語りかけた。

「それで、――このたびは、泓絢にわたしが参りますから、もう隴偖さまはお帰りになられましたのでしょう？　たしか数日前から、謁見にはお見えになりませんし」

「そうですな。……のう、いつごろであったかのう？」

話を振られた長老たちは、思い出しつつ、という態で、

「ご帰国に必要な日にち、ぎりぎりまで残るとおっしゃって、…一昨日のご出立でございましたでしょう」

「ええ、ええ。普通なら一週間はかかる道のりも、早駆けの走竜車と、泓絢所有の船を使えば、三日で帰国できると、ご自慢なさっておいででした。たしかに泓絢水軍といえば、

世に名を知られた軍でありますからな。船も、並みの速さではないのでしょう」

朧偖王子はひじょうに人懐こく、親しみやすい方なので、謁見待ちのときなどに、長老方もあれこれ話をしたようだ。笑い話のように、みなが語り出す。

「あの方は、すこしでも長く冴紗さまのお顔を拝していたいと、毎回帰国を渋られますからな。…ほれ、いつも、屋上に繋がれている冴紗さまの飛竜を、羨ましそうに見上げておられるではありませんか」

「それは、むろん、飛竜であれば、泓絢まで半日もかからずひと飛びですが、…飛竜は、我が侈才邏《いざいら》の宝、王と、限られたお方以外、騎乗を許されませんからな。いくら他国の王子といえども、お貸しするわけにはまいりませんよ」

「今回は、それでもずいぶんと早いお帰りではありませんか？　泓絢で冴紗さまにご対面できるということで、早々のお引上げなのでしょう。いつもは、お国からの矢の催促で、伝書鳥《でんしょちょう》が幾度も行き交い、さらには従者たちが宥《なだ》めすかして頼み込んで、ようやく渋々ご帰国、ですからな。――聞くところによると、あの伝書鳥は、どこの場所、というよりは、どこにいらしても『朧偖王子』目指して飛ぶようにと仕込まれているそうですぞ。それを聞くだけでも、王子がいかに頻繁にお国を離れ、麗煌山近辺をふらふらなさっているかがわかるようですな」

こらえきれぬように、かるい笑いが湧《わ》き起こる。

神官職の者が、参拝者の噂話《うわさ》など、つねならけっして許されぬことであるが、『隴偖王子』ならば、たぶんこの場にいても、大喜びで自身の話題を語り、真っ先に笑っているはず。だれもがそう思うほど、彼は明るくおおらかな性格であった。

「それは、…生活に困らぬ、時間もある、という者なら、だれも帰りたがりませぬわ」

「しかし、気持ちはわからぬわけではありませぬな。我々は、この場で、冴紗さまとともに居れますが、ほかの者は、謁見の間でしか冴紗さまを拝めぬのですからな」

「隴偖殿など、そのうち神官になりたいとおっしゃるのではないですか？　冴紗さまのおそばにいたい想いが極まりすぎて」

「隴偖殿だけではありませぬぞ。下男や下女でかまいませんので、大神殿で雇ってくださいと願い出る者が、あとを絶たぬのですからな。雑事は神官にとって、最大の修行でございます、することがなくなってしまったら、我々は神官職を失ってしまいます、と泣き言を言うて、ようやくお引き取り願っておりますわ」

「おお、それは妙案ですな！　私も次からはそう言い訳をするとしますかな！」

長老方がなごやかに語り合っていたので、冴紗も多少苦笑まじりではあったが、ほほえんで聞いていた。

長老方も、今日は比較的王の機嫌が良いようなので、行幸《ぎょうこう》先《さき》弘絢国《おうけんこく》の王子の話題などを明るく語り、さらに場をなごませようと思っているのかもしれない。

だがそこで、——どんっ！　と、卓を叩く大きな音が。


みな一斉に口を噤み、音のほうへと視線を飛ばした。

王は、押さえ込むような口調で、尋ねてくる。

「冴紗。朧脩《りょうせい》とやらの話、詳しく話せ。——おまえ、なにゆえ、俺に話さぬのだ？　朧脩などという男の名、俺は初めて聞くぞ？　いまの話を聞くと、ずいぶんと以前から頻繁に訪れていたようではないか」

冴紗はとたんに恥ずかしくなった。

……そのようなことをおっしゃいましても、…無理でございます。

王とふたりきりになると、他のことなど一切が脳裡《のうり》から抜け落ちてしまうのだ。

瞳には、羅剛王しか映らず、耳には、羅剛王のお声しか届かず、過去も未来も、なにもかもが消え失せてしまう。そのときの幸せに酔い痴《し》れてしまう。

手を合わせ、冴紗は謝った。

「申し訳ないとは、……思うておりますが、…ときおりいらっしゃるのです。長くご滞在の方も。宿坊には、常時五十人ほどはお泊まりでございますので、…頻繁の謁見希望者も、大勢いらっしゃいますし、……ほんに、申し訳ございませぬ。これからは、きちんとご報告いたしますゆえ」

心から謝ったためか、王の険はわずかにやわらいだ。

「で？　その、隴偖とやらは、いったいなにを話していくのだ？」

「はい。あの方は、虹霓教《こうげいきょう》の教えを乞いにいらっしゃいます。ひじょうにご聡明な方で、さまざまなご質問をなさいます。国で、虹霓教を司る大臣をなさっているというお話でした」

さらに付け足す。

「隴偖さまは、いつも大勢の人足を連れてのご来殿で、虹石や虹布のご寄進、…それから、貴重な書物や食料、侈才邏では手に入らぬ薬草なども、たくさんお持ちくださいます」

「薬草……？」

「はい。山へ来る方たちは、患《わずら》っている人も多いのです。他国からいらっしゃる方などは、長旅の疲れもありますし、薬草はたいへん助かります」

王は顰めつらになった。

「薬草が欲しいのならば、俺に言えばよいではないか」

それはそうなのだが、やはり王とふたりきりになると、冴紗はほかのことなどまったく考えられなくなるのだ。

「ですが、…羅剛さまには、あれこれお心づかいを賜っておりますのに、これ以上わがままを申すのもはばかられますし……泓絢は島国で、他国にはない特殊な植物が育つというお話ですし……」

「ああ。それは俺も聞いておる。世の名薬は、だいたいが泓絢のものであるらしいの」

「ええ。隴偖さまもそうおっしゃって、ほんとうに惜しげもなく、良いお薬を置いていってくださるのです」

「それで？　どのような男なのだ？　そいつは？」

冴紗は、隴偖王子のお顔を思い出しつつ、答えた。

「はい。お歳は、…たぶん、羅剛さまよりいくつか上のようにお見受けいたしましたが、――お背中まで伸ばした見事な紫の巻き毛と、瞳は優しい色合いの薄茶で、涼やかなおもざしの、たいそう凛々《りり》しくご立派な方でございます。高貴なお生まれでございますのに、驕《おご》ったところなど微塵《みじん》もなく、いらっしゃるだけであたりが明るくなるような、他の謁見者たちにも手を貸し、にこやかに談笑なさる、ほがらかで、快活な……まことに素晴らしいお方でいらっしゃいます。みなが、あの方を大好きなのです」

羅剛の叔父君《おじぎみ》にあたるお方を、冴紗としては、精一杯褒めたい想いがあった。

それに血の繋がりのせいか、あの方は、ほほえむ目元が少々、王に似ているのだ。

冴紗を腕に抱き、甘くささやき、笑いかけてくださるときの、羅剛王に。

そのとき、冴紗さま、冴紗さま、と、小声で名を呼ばれた。

「……は？」

座を見回してしまった。

呼んだのは、だれであったのか。

数名から呼びかけられたような気がしたのだが？

「冴紗さま。隴佾さまのお話は、もうそれくらいでよろしゅうございましょう」

窘《たしな》めるような口調であったので、怪訝に思い視線を流すと、最長老はじめ、みなが、ちらちらと羅剛王のほうを窺《うかが》うような素振りを見せている。

きょとんと、冴紗も王に視線を送る。

「…………羅剛さま……？　どうかなさいましたか？」

なぜだか、強張《こわば》ったお顔をなさっているような……？　杯を握る手が、かすかに震えていらっしゃるような……？

王は、低く尋ねてくる。

「それほど素晴らしい男なのか、隴佾とやらは……？」

冴紗は、にっこりと笑んで、答えた。

「はい。たいそう素晴らしいお方でございます」

長老たちが、話に割って入ってきた。

「わ、私は、…それほどご立派な方とは、お見受けいたしませんでしたが……」

「さようでございます。ご身分の高い方の、それも、なにも責を負わずに生きていらした方特有の、おおらかさのようなものは感じられましたが、……ええ、献上品などは、持参しない者のほうが珍しいくらいですからな。極貧の者でさえ、野に咲く花の一輪くらいは摘んで来るほどですから、王侯貴族の方ならば、あれくらいはごくごくありふれたものでございます」

わざとらしいくらい大げさな語り方で、

「おお、そういえば！　さきごろの、…あれは、どこの国の王子であられたか。たいそうな額のご寄進を頂戴いたしましたな」

「ああ、ありましたな！　ありました、ありました。大神殿の一年分の予算、いや、二、三年分の予算に匹敵するくらいの額でしたな。あのお方の寄進に比べれば…」

しかし、王のきつい一瞥《いちべつ》で、長老たちは黙り込む。

王は顎《あご》を上げ、傲然《ごうぜん》と問いを吐いた。

「貴様らがなんと言おうと、冴紗は、ずいぶんとありがたがっておるようだがの？　その、たいそうな額の寄進やらより、泓絢の薬草を」

「……で、ですが、冴紗さまは、人を悪くおっしゃるようなお方ではございません。それは、王もご存じでいらっしゃいましょう？」

「虹霓教は、あまねく平等を説く宗教でございます。聖虹使《せいこうし》であられる冴紗さまも、どのような者が参っても、謁見の許可をお与えになるのです」

王のお声は、硬い。

「わかっておる。なにを差し出されても、冴紗は褒めちぎるだろうよ。人を悪く言うこともなかろう。……ああ、厭《いや》というほど、わかっておるわ。…謁見の様子も、な。どのような者が来ても、冴紗は拒めぬこともな」


冴紗は、おろおろと卓を見回した。

場の雰囲気が、おかしい。

神官たちは、妙にあせった様子であるし、王からは、肌に突き刺さるような剣呑《けんのん》な気配が感じられる。

王は、ことり、と杯を置き、おもむろに腰を上げた。

「馳走になったな。身もぬくまった。これで引き上げる」

「いや、まだ雪は激しいですぞ。今宵はこちらにお泊まりになられてはいかがですかな？」

止める最長老に、王は叩きつけるような返事を返す。

「ふざけるな！　このような場所にいつまでも冴紗を置いておけるかっ！」

「羅剛さま……」

最初はたしかに、おだやかな会話だったはず。なのに、自分はいつまちがってしまったのか。

……わたしが、悪いのですよね……？

王は、自分に対して怒っている。神官たちに、ではない。

せっかくなごやかな場であったのに。

明日から、ともに過ごせると、ほんとうに指折り数えて待っていたのに……。

王は無言で、床に置いてあった荷をほどき始めた。

さきほどからずっとお持ち歩きであったので、なにが入っているのかと思っていたが、

——中身は、厚手の織物であった。

「それは……？」

ようやく王は口をきいてくださった。

「作らせた」

そして、なんと急に冴紗の足元に屈み込んだのである！

「羅剛さまっ、い、いったい、なにを……っ!?」

「黙っておれ」

織物は、袋状になっているようで、王はそれを冴紗の足元から着せつけていく。

釦《ぼたん》を留め、頭巾《ずきん》をかぶせられてしまうと、手も足も動かせぬ状態となった。

茫然《ぼうぜん》としてしまった。

「……こ、これではまるで、おくるみに包まれた赤子のようではございませぬか……！

冴紗は困惑し、必死に抗議した。

「申し訳ありませぬが、……歩けませぬっ」

「歩く必要などない。俺が抱き上げて運んでやるに決まっておろうが？」

「ですが……」

叩き伏せるがごとき厳しき物言いで、

「夜の空を飛ぶのには、これがもっとも暖かいと思うたから、作らせた。それともおまえ、俺の気持ちを無にするのか。どこぞの輩《やから》が差し出す薬草は、喜んで受け取るというのに、夫である俺からの物はいらぬと申すか」

黙るしかなかった。

胸が絞《しぼ》られるような心地であった。

……寒空でも、ご自身は、外套と手袋だけで飛竜を御されますのに……。

わたしだけがこのような姿で……。

止めてくれるかと思ったのだが、長老たちは、王に諂《へつら》うような追従笑《ついしょう》いを浮かべていた。

「たしかに、それなら暖かいでしょうな」

「ようございましたな、冴紗さま。王にお礼をおっしゃらなければ」

「……みなさま……」

いったい、どうしたというのだ。神官たちがそこまで下手に出なければいけないほど、自分は王に不敬を働いてしまったというのか。

言葉どおり、王は『おくるみ』ごと冴紗を抱き上げ、歩み出してしまう。

胸のなかが、ざわざわと騒いでいた。

尋ねるまでもない。王は、まちがいなく、お怒りだ。

馬鹿な自分は、またしても恋しいお方のご勘気を煽《あお》ってしまったのだ。

大声で怒鳴り散らすように嚇怒《かくど》なさる王も恐ろしいが、いまのように、深く静かにお怒りになられるほうが、冴紗にとっては数倍恐ろしかった。

冴紗は唇を噛み、心中で願った。

……羅剛さま。

お願いでございます。どうぞ、お赦しくださいませ。

お気を鎮めてくださいませ。

冴紗は、御身のご勘気が、もっともつろうございます。

いえ、それよりも、…御身が、なにゆえお怒りなのか、それすらもわからぬおのれの愚かさが、いちばんつろうございます……。

Ⅲ　理不尽な叱責

飛竜上でも、王はひとこともお言葉を発してはくださらなかった。

厚手の織物をへだててはいても、王のお怒りが刻々と増しているのが、感じ取れた。

たしかに『おくるみ』は暖かかったが、冴紗《さしゃ》は唇を嚙み締めて震えていた。

悲しい気持ちで、思う。

……いつも飛竜に乗る際は、羅剛《らごう》さまとふたりきりで、たいへん楽しいひとときを過ごせますのに……。

だれにも聞かれる恐れのない、だれにも見られる恐れもない夜の雲の上、冗談を言い合い、ときおりくちづけなど交わしながら、ゆったりと飛竜の背で揺られる。

毎回そのような感じなので、……このように無言のままの飛行は、つらい。ほんとうに。

麗煌山《りこうざん》を離れ、平地の上空を飛ぶころには、吹雪どころか雨もない星空となった。

そして数刻で、見慣れた王都の灯りが見え始め、王宮へと辿り着いたのである。

着くやいなや、冴紗はまたもや抱き上げられてしまった。

駄目だとはわかっていたが、おどおどと頼んでみる。

「……あの……もう王宮でございますゆえ、…どうぞ、おろしてくださいませ。寒いこともございませぬし、わたしひとりで歩けますゆえ……」

王はお応えくださらぬ。険阻《けんそ》な表情のまま、ずんずんと歩を進めてしまうのだ。

王宮内では、角かどに衛兵たちが立っているのだが、通る先、通る先、形どおりの礼だけはしても、どの衛兵も目を丸くして見ていた。

恥ずかしさに頬の赤らむ想いであった。

王の癖なのかもしれぬが、お怒りが激しければ激しいほど、なぜだか、冴紗を突き離すようなことはなさらず、かえっていつも以上に濃密な触れ合いをなさるのだ。まるで、冴紗との仲を他者にみせびらかそうとでもするように。

本宮を抜け、花の宮への渡り廊下まで来た。

途中まで女官たちが迎えに出ていたのだが、

「まあまあ……」

「これは、これは！　お可愛《かわい》らしいお姿で！」

王と冴紗の睦む姿に慣れているはずの『花の宮』の女官たちでさえ、「おかえりなさいませ」の挨拶もなしに、声を上げた。『おくるみ』に包まれ、王に抱きかかえられている冴紗の姿は、だれが見ても赤子のようであったのだろう。

「そのご様子でしたら、わたくしどもは、早々に控えの間に下がらせていただいたほうがよろしゅうございますわねぇ?」

笑いを含んだ口調である。

「お食事の用意も、湯殿の用意も整っておりますわ。王さま、なにかご用がございましたら、お呼びくださいませね」

「お呼びがなければ、お邪魔はいたしませんから。…ええ、けっして」

待ってください! その前に、お怒りのわけを、羅剛さまから聞き出していただけませんか?

冴紗の言葉にならぬ願いを、女官たちは解したようではあったが、くすくすと笑って下がって行ってしまう。

しかたない。王がお怒りの様子でも、他者には、ただの痴話喧嘩《ちわげんか》にしか見えぬであろうし、妃である冴紗が尋ねられぬのに、理由を尋ねられる者などいるはずがない。

居室には、人台《じんだい》が、あった。

煌めく虹服が着せつけられていた。

さきほどの王のお言葉を思い出す。

……ああ、これがそうなのですね。……ほんに、なんと美しい……。

このような衣装を身につければ、自分のような者でも、虹霓神《こうげいしん》のひとり子、『聖虹使《せいこうし》』に見えるやもしれぬ。そう思えるほど、麗しく綺羅綺羅しい衣装、細工物であった。

だが、ゆっくり見ていることもできなかった。

王は一直線に寝室へと向かってしまったからだ。

乱暴に扉を脚で蹴り開け、蹴り閉め、寝台に冴紗を座らせると、――有無を言わさずのしかかってきた。

「らごう、さまっ」

くちづけは、あきらかに憤りを含んだものであった。

つねの、小鳥が戯れるかのような柔らかなものでも、熱情に衝《つ》き動かされたような男性的なものでもない。

唇を離すと、王は冴紗の頬を撫でた。

「ほんにのう…………憎らしくてたまらぬわ」

びくりと、身が戦慄《わなな》く。

その暗き瞳に、暗き物言いに。

「わたしは……」

王は唇を歪める。

「驚いたような顔をしておるな。おまえはいつもそうだ。俺を奈落の底に突き落とすようなことを言うておいて、おのれはなんの痛みも感じてはおらぬ。――俺だけだ。俺だけが、いつも苦しんで、痛みに悶《もだ》えねばならぬ」

あまりに恐ろしいお言葉である。冴紗は、懸命に言い返した。

「羅剛さま！　わたしはなにか申しましたかっ？　御身を苦しませるようなことは、なにひとつ申した覚えはございませぬ！」

「なにひとつ、…か。……そうであろうの。他の者にはわかる。あの、愚鈍な神官どもでさえ、顔色変えておまえの言《げん》を止めたというに、……本人だけは、わからぬのだ」

冴紗は怯え、首を振っていた。

理解はできぬ。けれど、自分はたしかに王のお心を傷つけてしまったのだ。

「お教えくださいませ！　わたしは、なにを申しましたっ？　…どうか、ご勘弁くださいませ。冴紗は馬鹿者で、不調法者でございます。なにも気づいておりませんで……」

暗き瞳に、なお冥《くら》き闇の焔《ほのお》が揺らめく。

「そうやって、殊勝なさまで謝るのだ。赦せと、自分はなにも知らなかったのだと。だがな、赦して、……それで、傷ついた俺の心はどうなる？　永遠に癒《い》えはしないのだぞ？おまえに傷つけられた心が、いつまでもいつまでも、じくじくと膿《う》み爛《ただ》れ、血を流すのだ」

涙をこらえるために唇を噛んだ。

ここで泣いてはいけない。

いったい幾度、似たような会話があった?

……わたしはなにゆえ、おなじような失態を犯してしまうのでしょう……。

これほどお慕いいたしておりますのに。

これほど、御身に尽くしたいと、心より願っておりますのに。

「……羅剛さま……」

すがるようにお名を呼ぶと――。

「服を脱げ、冴紗」

とっさに話の流れがわからず、尋ね返してしまった。

「は?」

王は、いらいらと繰り返す。

「服を脱げ、と言うたのだ。俺の前で、一糸まとわぬ姿となって、俺に媚《こ》びろ。俺を誘え」

唇を開きかけたが、……言葉は出てこなかった。

「ああ。…これだけは、俺が脱がしてやろう。おまえでは脱げぬからな」

王の手が、『おくるみ』を開ける。

室内は、暖かい。花の宮の女官たちは、主の戻るころあいを見計らって、暖炉に火を入れておいてくれるのだ。

きっと、食事も温かく、湯殿の湯も心地よい温度であろう。

であるからこそ、情けなさが胸を締めつける。

人々は、ここまで他者を思いやることができる。行動を見越し、さりげなく準備を整えることができる。

……なのに、……世の最高位、『聖虹使』と祀り上げられているわたし自身は、いとしいお方を怒らせてばかりの、無知でどうしようもない人間なのです……。

謝ることすら赦されぬのなら、自分はいったいどうやってお怒りを解いていただけばよいのか。

王はみずからの外套を脱ぎ、椅子を引いてくると、どさりと腰を下ろした。

まるで観客席を設《しつら》えたように。

むろん、舞台は、冴紗の載っている『寝台』であろう。

そうして、腕組みをして、促すのだ。睥睨《へいげい》するかのような視線と、恐ろしいお言葉で。

「さあ、――やって見せろ。それで赦してやる。裸になれ。なにひとつまとわぬ姿となって、脚を開け。それこそが、世のすべての男たち垂涎《すいぜん》の姿、そして俺だけしか見られぬ姿であるからな」

つらくて、悲しくて、視界が滲《にじ》む。

……なにゆえ、羅剛さまは、そのようなことばかりおっしゃるのでしょう。

秘密の場所こそが、王に愛していただくところだとはわかっていても、羞恥は消えはしない。

冴紗は、清めるとき以外、その場所に触れることさえ許されなかった。

神官というものは、そういうものだと、長年教え込まれてきた。

ましてや自分は、『聖虹使』となる身。性など持たず、だれとも肌を触れ合わさず、生涯を清童として過ごすのだと信じ込んできたのだ。

「そうやって、のう」

王はあざ嗤うように、言に棘《とげ》をまぜる。

「眉を顰《しか》めるのだ。俺を軽蔑しきっておるようにな。そういう意味では、……俺もまた、世の男どもとおなじ立場なのやもしれぬな。妃にはできても、まだ、ほんとうには、おまえを手に入れていないのだ。…いや、生涯、手に入れることなどできぬのだろうな」

声を荒らげて言い返していた。

「おっしゃる意味がわかりませぬ！　わたしは御身を軽蔑したことなど一度もございませぬ！」

「だが、喜んで脚を開くわけではあるまい。俺が心から望んでおるというのに」

冴紗は茫然としていた。

……やはり羅剛さまは、わたしとの房事にご不満がおありだったのですね……。

以前、王の言いつけを破ってまで王宮を抜け出し、街の女性を訪ねたことがあった。

そのときは、『色事にうとい』とのお言葉を受け、娼婦という職業の方々とお話をさせていただいたのだが、ちょうど大事件が起きていたので、くわしいお話は聞けなかった。きちんとうかがっておけばよかったと、いまさら悔やんでも遅いが、悔やんでしまう。どうすれば、男の方に喜んでいただけるのか。

どういうふうにすれば、『色気』というものを醸し出せるのか。

それでも、この胸を焼く羞恥の炎は、きっと一生消せぬであろう。

王を責めたくなってしまった。

……羅剛さまは、わたしばかりに咎《とが》があるようにおっしゃいますが、ご自身をよくご存じではないのです。

その黒き瞳で見つめられたとき、冴紗がどれほど胸ときめかせているか。初めてお逢いしたときより、おなじ性でありながらお慕い申し上げ、どれほど長いあいだ、むくわれぬ片恋に、涙を呑《の》んできたか……。

それだけではない。両親が鏡などを一切見せずに育てたため、冴紗自身は、七歳になるまで、おのれが『虹髪虹瞳』などという異様な風体であることを知らなかったのだ。

ゆえに、いま現在、『神の御子』と祀り上げられていても、自分の姿を誇ることなどまったくできぬ。…いや、この姿を、疎《うと》んでさえ、いる。

……恋するお方に、恥ずべき姿を晒すことが、どれほどつらくせつないか……御身には、おわかりにはなりますまい。

厳しい王の視線に炙《あぶ》られ、震える手を懸命に動かす。

冴紗は服の釦に手をかけ、…それでもなんとか思い直していただけないかと、すがる思いで、尋ねてみる。

「……どうしても…」

王は言を遮る。

「できぬのか」

意地の悪い笑みで、嗤う。

「しょせん、おまえの謝意など、そのていどのものか。…まあ、わかってはおったがな。泣いて、恥ずかしがって見せれば、俺が折れると思うておるのだろ？　よしよし、可哀想にのう、と抱き締めて、俺が悪かった、いじめすぎたな、などと言うて、くちづけてやると、…そう、甘く見ておったのだろう？」

そのとおりであった。いつもの王はたいそうお優しいので、冴紗がわずかでも涙ぐめば、すぐさま折れてくださったのだ。

「俺ものう……さんざ、もう憤りはせぬ、おまえを信じる、なにがあっても赦すと言うてきたが、…じっさい、今日も、そうしようと極限の努力はしたのだがな。……おまえのほうは、なにひとつ変わることすらせぬではないか。…俺とて、人なのだぞ？　怒りもすれば、泣きもする。傷つけられれば、心が痛むのだ。なにゆえ、それがわからぬ」

王のお言葉からは、怒りだけではなく、悲しみや恨みのような感情まで察せられて、冴紗の胸をきりきりと締めつける。

なぜそこまで怒らせてしまったのか、皆目見当もつかぬが、きっと自分はそれほどひどいことをしてしまったのであろう。

……もう逃げ道は、残されていないのですね……。

半泣きで、冴紗は服の前を開け始めた。

みっともなくも、手がぶるぶると震えている。

肌を重ねていただいて、秘部を見られてしまったことも幾度かあったが、自分から晒すというのは、わけがちがう。

「………せ、せめて……灯りを……落としていただけませぬか……?」

大神殿では、部屋の燭台《しょくだい》は壁にふたつだけだが、ここ花の宮では、天井にも壁面にも数多くの燭台が取りつけられている。必然的に、昼間と見紛《みまご》うばかりの明るさなのだ。

王の返事は、斬《き》り返すような冷たいものであった。

「言うておるそばから、さっそく甘えるのか？」

冴紗は、手で顔を覆ってしまった。

「わたしの……身体など、…なにゆえご覧になりたいのか、……冴紗にはわかりませぬ。

御身のように、鍛《きた》え上げられたご立派な身体ではございませぬ。みすぼらしい、憐《あわ》れで貧相な身体でございますのに……」

「言いたいことは、それだけか」

涙をこらえ、冴紗は上衣を、脱いだ。

するりっ、と肩から滑り落ちる感触が、身と心をすくませる。

次は下衣。腰下を覆う巻き下着。それから、靴、靴下……。

ありがたいことに、冴紗の髪は、長い。地にとどくほどなので、髪を抱き込んでしまえば、身は隠れる。

「ようやく脱ぎ終わったか。――もったいぶって焦らしおって、…さあ、いいかげん決心もついただろう。――脚を開け。おまえの恥ずかしい場所を、俺の眼前で晒すのだ。おのれで、蕾《つぼみ》に指を入れて、開いて見せろ。そして、…ここを可愛がってくださいませと、甘えた声で、ねだれ」

王のお声が掠《かす》れている。

獣の声、だと、きっとご自身はおっしゃるだろう。

男の方の、激しい欲望を孕《はら》んだ、熱い、声。

せめてもの気持ちで、冴紗は尋ねてみる。

「もし、……もし、うまくできましたら、……本日のご無礼を、お赦しいただけますか

……？　お怒りを解いてくださいますか……？」

投げ捨てるような返事。

「さあな。俺自身もわからぬわ。怒りなど、いっときは収まっても、おまえはすぐにまた俺を怒らせるようなことをしでかすのだからな」

ついに冴紗はこらえきれなくなり、泣き出してしまった。

胸の奥底から、尽きぬように悲しみが湧き起こってくる。

「なぜ泣く。俺の前で裸になるのが、それほどつらいのか」

王のお声は、冷たい。氷のようだ。

さきほどまでは、あれほど温かく優しいお声であったのに。

「………いいえ、いいえ。御身のお気に召すようなことができぬおのれが、情けないだけでございます」

ぎし、と椅子の軋む音。

王は席を立ち、寝台までやってきた。

「おもてを上げよ、冴紗」

命ぜられるまま、手を離し、顔を上げる。

「俺が、怒っているように見えるか」

「……はい」

「ならば、なぜ怒っているのか、わかるか」

首を横に振った。

「いいえ」

「それがわからぬのなら、詫《わ》びになどならぬだろうが」

とん、と肩を押された。ふいのことで、冴紗は仰向《あおむ》けに寝台に倒れてしまった。

襲いかかる獣のように、王は上から覆いかぶさり、冴紗の瞳を覗き込む。

「毎度毎度思うがのう。…この虹の瞳に、俺はどのように映っておるのだろうな」

「それはっ、――素晴らしく、凛々しい、この世の覇者であられるお姿でございます」

皮肉な笑いを、羅剛の唇は浮かべる。

「ほう。口ではそのように殊勝なことを申しても、つい先刻、ぽろりと本音を洩《も》らしたではないか」

「……は？　本音……？」

いったいなにをおっしゃっているのか。

「忘れたのか？　お見事な紫髪と、優しい色合いの薄茶の瞳、であったか？　それは、黒髪黒瞳の俺に対しての嫌味か？」

心底驚いてしまった。

「な、なにをおっしゃいますっ⁉　わたしは、ただ、隴偖《りょうせい》さまの容姿を表現しただけで、それ以外の意味など、まったくございませぬ！」

「民どもと談笑？　…なるほど、俺は民どころか、王宮の者ともまともに語り合わぬからのう。身分など頓着《とんちゃく》せず民と語り合う奴は、おまえにはさぞかし立派な男に見えたであろうの？」

「羅剛さまっ」

「虹霓教は、あまねく平等を説く宗教だと？　ようもまあ、しゃあしゃあと、そのような戯言《ざれごと》をぬかせるものだな。――ならばなぜ『黒』を虹から外した？　平等などではないではないか」

「……て、天帝さまは、『黒』にもきちんとお役目を与えていらっしゃいます」

「だが、すべての色が含まれている虹のなかに、おのれだけ入れてはもらえなんだ『黒』の気持ちなど、他者にはわかるまい？」

「ですが、民には、黒髪黒瞳の者が多数おりますし…」

言ってしまって、気づく。

羅剛王は、神国と呼ばれる修才邏国の王なのだ。民とは立場がちがう。

そのうえ、黒といっても、王の髪と瞳は、めずらしいほどの漆黒《しっこく》。

冴紗の虹髪虹瞳も世にはない色ではあるが、羅剛王の『漆黒』も、気づいてみれば、たいへん異質な色なのだ。

ふん、と王は嗤った。

「もう、それまでか？　語るに落ちたか？」

涙ぐみつつ、王を見上げると、王は、冴紗の頬を撫でる。

撫で方は、優しげであるが、その瞳の冥さが、恐ろしい。

「薬草、か。……そうだ。たしかに泓絢《おうけん》は、薬草が有名であったな。……おお、そういえば、あの国には有名な媚薬《びやく》があるらしいぞ。『鳥啼薬《ちょうていやく》』とやらいうものでな、」

瞳の冥さはそのままに、王は愉快そうな口ぶりとなった。

「飲むと、身体が火照《ほて》り、男を欲しがって悶え狂うそうだ。それこそ、罠にかかった鳥のごとく、ばたばたと暴れ、身も世もあらぬあさましさで啼き叫ぶらしいぞ」

王は、双臀《そうでん》のあいだにするりっと手を差し入れてきた。

「女壺《にょつぼ》や、ここが……」

冴紗は尖《とが》り声を上げてしまった。王のお手が蕾を撫でさすったからだ。

「……っ！」

「疼《うず》きとも痒《かゆ》みともつかぬ猛烈な欲望で、……」

嬲《なぶ》る指が、忍び込んでくる。

「……ぁ、……ぅ、っ……」

顎が上がる。離れていたあいだに、蕾は閉じてしまっている。ふいに指をねじ込まれては、衝撃が強すぎる。

「耐えられぬ苦痛であると聞くぞ。男の放つ精でしか、その疼きは治められぬそうでな。一刻も精を与えずにおくと、ほとんどの者が狂うてしまうらしい」

怖気立《おぞけだ》ってしまった。冴紗は、あえぎあえぎ、尋ねた。

「な、なにゆえ……そのようなお薬を……どなたが……」

ふふ、と、王は残忍にも見える笑みを浮かべる。

「おまえにはわからぬのだろうな。そのようなものを作りたくなる男の想いも、使い道も」

冴紗は素直に応えた。

「……はい。わかりませぬ。羅剛さまは、おわかりなのでございましょうか……?」

「手に入れてやろうか?」

からかうような言葉のなかに、真摯を嗅ぎ取り、冴紗は激しく首を振った。

「ご勘弁くださいませ。いまでも、これほど御身をお慕いしておりますのに……」

身体とて、王のお情けをいただくようになって、おのれでも抑えられぬほどはしたない身体となってしまったというのに。

「おまえがそう言うても、男のほうで、ほうってはおかぬのだからな。おまえと離れたくなくて、宿坊に長いあいだ泊まり込む、などというふざけた輩もおるというからな」

半泣きで、冴紗は言い返した。

「さまざまな方々がわたしと接したがるのは、『聖虹使』のお役目の者だからであって、」

「よい。おまえがわかるとは、俺も思うておらぬ」

すこし会話になってきた。ここぞとばかりに、冴紗は謝意を伝えようとした。

「なれど……わたしは、御身を怒らせたくはないのです。羅剛さまがよくおっしゃるように、冴紗が『馬鹿者』なのは、おのれでもわかっております。それでも、馬鹿者は、物事がよくわかりませんから、『馬鹿者』なのです。――お願いでございます。詳しく、どこがどう悪いのか、お教えくださいませ。誠心誠意、御身のご希望に添えるように努力いたしますゆえ…」

蕾から指を抜き、王は投げ捨てるように答える。

「無理だ。根本的なところが、おまえには生涯わからぬだろうよ」

「そんな……」

語りつつ、王は御自身の衣服を緩《ゆる》め始めていた。

すべて脱ぎ終わると、衣服を寝台の下に蹴《け》り落とし、ふたたび冴紗の上に覆いかぶさってくる。

「おまえは、俺の妃だ。おまえを抱けるのは、世で俺ひとりだけなのだ」

「……はい。それはむろんでございます」

会話の途中ではあるが、冴紗は王を見上げ、ほうっとため息をついてしまった。

……なんと、凛々しく、お逞しい……。

鍛え上げられたお身体の素晴らしさをお褒めしたいが、どのような美辞麗句をもってしても、羅剛王の男性的な美しさを褒めきることなどできそうもない。

恥ずかしいことではあるが、怒られていても、王のご尊体を目にしてしまうと、胸の奥底から甘狂おしい想いが湧き起こってくるのだ。早く触れていただきたくて、早く肌を合わせていただきたくて、心臓の鼓動が苦しいほどだ。

「おまえが役者ならば、…これ以上の名優はおらぬだろうな」

うっとりと王を見つめていた冴紗は、尋ね返した。

「……は？」

「俺を愛しているように、見える。俺しか、愛していないように見える。世でもっとも、俺を賛美しているように見える。おまえの目には、『俺』しか映っていないように、な」

「そのとおりでございますから」

「ならばなぜその口で………」

そこから先は、言葉になさらず、王は唐突に冴紗の膝裏に手を入れ、

「あっ！」

景色が回った。膝が顔の横にあたるほど、折りたたまれ、――一瞬、どういう体勢を取らされているのか理解できなかったが、あらぬところに寒々しい感触を覚え、怖気立った。

……まさか、…王の眼前に、秘部を晒しているのでは……。

まちがいない。幾度か覚えのある、あの羞恥の感触が、蕾から……。

「らごう、さまっ。……お、お赦しくださいませっ。そ、それだけは……」

身がたたまれているため、声が出にくい。それでも必死で告げた。

「ご勘弁くださいませっ。お願いでございます！」

「いいや、駄目だ。今宵は、俺を怒らせた罰だ。おまえのもっとも忌むことをしてやろう。自分で膝をかかえ、俺にすべてを見せてみろ。舐《な》めてくださいませと、いやらしい声でねだってみろ」

「忌んでいるのではございませぬっ。……恥ずかしく、申し訳なく、……ああ、聖なる修《い》才邏《ざいら》の王に、そのような……」

羅剛王は、執拗《しつよう》にからんでくる。

「俺のほかに、だれがおまえの蕾を舐めるというのだ。それとも、ほかに舐めてほしい男がいるとでもいうのか」

「な、なにをおっしゃいます！」

考えるだに恐ろしい。嫌悪感で冴紗は身ぶるいした。

「ほかの者がこの身に触れましたら、冴紗は死にます！　剣がありましたら、剣で喉を突きまする。剣がなければ、舌を噛み切りまする！　そのようなおぞましきこと、二度とおっしゃらないでくださいませ！」

本気の抗議が功を奏したようで、王の声はわずかに和らいだ。

「………馬鹿を申すな。おまえに死なれたら、俺も生きてはおれぬ。おまえこそ、二度とそのようなことを申すな」

秘部を晒す体勢から、膝を下ろした仰臥《ぎょうが》に戻され、冴紗はほっとする。

王は、唇を落としてくる。

「……んっ……」

舌をからめ、角度を変えての濃厚な接吻《せっぷん》に、意識が朦朧《もうろう》となる。

お怒りは治まったのであろうか。このまま、つねの優しい王に戻ってくださるのであろうか。

王の手が、冴紗の胸の木の実をまさぐる。

「あ、…っん、んっ」

そこは、弱いのだ。王に触れていただくまで、いままで一度も甘い感覚など起きたこともない箇所が、脳髄に響くほど、心地よい痺《しび》れを引き起こす。

「俺の手で弾かれると、これほど良い音色を奏でるくせにのう……」

硬く尖った乳首に、かるく歯をあてて甘噛みをなさる。

「……や、ああ、……っ……」

甘美な痺れが全身に波及する。

……ああ、……いや……。

高められていく。

抑えがきかぬのだ。王のお手が触れていく先々が、敏感に反応してしまう。恥ずかしい場所の果実に、羞恥が集まっていく。そして、……うしろの庭。そこに咲く花の蕾が、開花をねだるようにわななき始めている。

いや、いや、と冴紗は虹の髪を撥《は》ね上げ、首を振っていた。

いやなのは、おのれの恥知らずな身体だ。つつましさも、しとやかさも、なにもかも忘れ果てて、王に身を擦り寄せてしまう。

止められぬのだ。身体が勝手に、快を求めて、すがっていってしまう。

急に、王は嘆息した。

「なにゆえ……おまえはそこまで愛いのかの。……俺の腕のなかで、俺のためだけに、咲いているように見える。俺以外の、だれも愛しておらぬように見える」

羅剛さまこそ、今宵はなにゆえそのようなことばかりおっしゃいますのか。

冴紗は、御身しか愛しておりませぬし、御身の腕のなかでしか、このような姿は晒しませぬ。

反駁《はんばく》の言を吐きたかったが、口からは出ず、溢れてくるのは、あえぎのような声のみ。

「……くっ、……ふ、う……んんっ……」

なのに王は、果実にも蕾にも手を触れてくださらぬのだ。

胸の木の実や、脇腹、内ももには触れても、意地悪く秘部だけは回避してしまう。

「らご、…う、さまっ、……羅剛、さま……っ」

「俺の名だけ呼んでも、なにもしてやらぬぞ」

王は、接吻の、ぎりぎりまで唇を寄せ、尋ねる。

「言うてみい。触れてくださいませ、と。果実を揉《も》んで、いたぶってくださいませ、蕾に指を入れて、咲かせてくださいませ、と……いやらしい言葉で、ねだれ。おまえの清らかな唇から、淫猥《いんわい》な言葉が出るところが見たいのだ。おまえが一度も吐いたことのないような、下品な誘い文句が、俺は聞きたいのだ」

ああ、…やはり、まだお怒りなのだ。

眦《まなじり》に熱いものが流れる。

いっそ、お望みどおりの言葉を吐いてしまおうか。

それでお怒りが解けるなら、どのようなことでも……。

脳裡の片隅でそう決心しても、…いま、教えていただいたばかりだというのに、もう言葉を忘れてしまっている。触れていただきたくて、身体全体が熱を持ってしまっていて、頭もまともに働かぬらしい。

「羅剛さま………お教しくださいませ」

「言えぬのか」

「いいえ。…いま一度、おっしゃってくださいませ。冴紗は、どのような言葉でも申します。なれど、御身に触れていただいているので、…もう頭がまともに働きませぬ。ご勘弁くださいませ。申し訳ございませぬ、馬鹿者で……」

嘘ではないことを、王も感じ取ってくださったらしい。

「ならば――ひとことだけでいい。俺を欲しいと、言え。俺だけが欲しい、と」

わかりきったことを、なにゆえわざわざ言わせようとなさるのか。

それでも、もう意識が朦朧としていて、こらえきれなかった。

「………お恵みを……ください、ませ。御身だけが、欲しゅうございます。御身以外、どなたもいりませぬ」

とたん、脚のあわいの果実を握り込まれた。

「いっ、……あ……っ！」

大きな手で包み込まれ、かるくこすられただけで、果実が撥ね上った。

思わず背が反れ、全身に震えが走る。

はぁ、はぁ、と息を継がなければ、心地よさを抑えられぬ。…と、唇をほどいてしまったのがいけなかった。

「あ、うんっ、あっ、う、う、う……っ！」

ああ、次は、後庭に……。

冴紗が普段、隠し通してきている秘密の場所に、王の指は荒々しく侵入してくる。だが、それは得もいわれぬ快感をともなう訪《おとな》いなのだ。

……ああ……あぁっ……。

もう目など開けてはいられぬ。

香油の香りがする。

……駄目……。その香りを嗅いだだけで……。

身体が、これから起こることを予想して、歓喜に震えてしまう。心も、喜びで弾み出してしまう。

……ああ……花が……咲く……。

いとしい方の指で、開かれていく……。

このような場所が、自分の体内にあるとは、王に教えていただくまで知らなかった。

身の内に、恋しいお方を受け入れられる場所があって、よかった。

そして、その場所で、恋しいお方が感じてくださることが、ほんとうに、嬉しい。

指でくつろげ、道を開いたあと、王は腰を進めてくださった。

「……あ、あああ――――っ！」

裂かれる！

冴紗は息も絶え絶えにあえいだ。

「ああっ、ああああっ……っ……くっ、ぅ……んんっ……ん、ん……っ」

花に打ち込まれる楔《くさび》の、猛々しさ。恋しいお方の『男性の部分』を、身内に感じられる幸せ。

……ああ……。

喰ろうてくださいませ、羅剛さま……。

冴紗は、御身のものでございます。

王のお身体の重みと、王の放たれる香り、王の吐かれる荒い息……冴紗は陶然と、羅剛王を受け入れていた。

……もっと……もっと、蕾を咲かせてくださいませ。冴紗をかわいがってくださいませ。

わたしは、御身のためだけに咲きとうございます。

世でただひとり、羅剛さまの御ためだけに…………。

Ⅳ　取り残される冴紗

寒さで、目が覚めた。

抱き締めてくださったはずの腕が、ない。

まだ、白々と夜が明けはじめたところだ。耳を澄ませてみたが、しばらく待っても、王は戻っていらっしゃらない。

なにやら胸騒ぎを感じ、長上着を羽織り、寝台を下りる。

「……羅剛《らごう》さま……？　羅剛さま、いずこにおわします……？」

王は隣室でお着替えであった。

ほっとしたのもつかのま、外套まで羽織っているのに気づき、

「このような早朝から、どちらかへお出かけでございますか？」

振り返りもせず、羅剛王は吐き捨てた。

「泓絢《おうけん》だ」

「泓絢？　まだ、出立は三日後の予定では……」

「いや、今日出立する」

冴紗《さしゃ》は動顛《どうてん》した。

「申し訳ございませぬっ。予定が変わったのですね。そ、それではわたしも急いで支度をいたしますっ」

睦みの翌日の冴紗は、疲れ果て、たいてい寝過ごしてしまうのだが、…王もお人が悪い、出立が早まったのならば、今日くらいは起こしてくだされればよかったのに、と衣装を取りに戻りかけたところで、――背後から声がかかった。

「よい。おまえは、連れて行かぬ」

驚いて振り返ってしまった。

「……え……？　ですが、こたびは、わたしの公務で泓絢に参るのですから……」

王は荒々しく断じる。

「くどい！　連れて行かぬと言うたら、連れて行かぬのだ！」

そのまま、宮の扉を開け、出て行ってしまいそうになったので、冴紗はすがりついて止めた。

「お、お待ちくださいませ！　そのようなわけにはまいりませぬ！　大神殿のみなさまは、どうなさいましたっ？　我々神官がひとりも同行せずに、羅剛さまのみのご来訪でしたら、かならずや揉め事になってしまいます！　…騎士団の方々はっ？　たくさんの方々が関わっていらっしゃるのですから、昨夜のわたしの言動にお怒りなのはわかりますが、どうか、お赦し願って…」

手を振り払われてしまった。

「神官や騎士団の者なら、連れて行ってやってもかまわぬ。だが、おまえは駄目だ。なにがあっても、連れては行かぬ」

愕然《がくぜん》とした。

王はそこまでお怒りであったのか……。自分のしたことは、それほどひどいことであったのか……。

昨夜はつね以上に激しくお求めくださったので、もうお怒りは解けたのだと、冴紗は勝手にそう思い込んでいたのだ。

女官のひとりが、半分眠ったような状態で、瞼をこすりつつ控えの間から顔を出した。

「今朝はずいぶんと早いお目覚めでございますね。いかがなさいま…」

言いかけたところで、顔色を変えた。

外套を羽織った王の姿と、寝間着姿のままますがりついている冴紗。

瞬時に状況を察したらしい。

「王！　どちらにいらっしゃいますっ⁉」

「泓絢に決まっておろう！　おまえまで、わかりきったことを訊《き》くなっ」

「冴紗さまは、どうなさるおつもりですっ？」

「しつこい！　置いて行くのだ！　貴様ら、この馬鹿者をしっかり見張っておけ！」

他の女官たちも騒ぎを聞きつけたようで、着のみ着のままの状態で、飛び出してきた。

王をも畏《おそ》れず食ってかかる。

「お言葉を返すようですが、こたび泓絢に招かれたのは、王さまではございません。冴紗さまでございます！」

「王さまが赴かれましても、埒《らち》は明きませんわ！　どうか、お考え直しくださいませ！」

冴紗付きの花の宮の女官たちには、特別な権利が与えられているとはいえ、首さえ飛ばされかねぬ直言である。

王は女官たちを睨みつけ、低く返す。

「わかっておるわ。おまえらに言われんでもな。俺など、だれも待ってはおらぬ。どこの国の、だれも、な。…だが、冴紗を泓絢に連れて行くわけにはいかぬのだ」

女官たちは、話を冴紗に振ってきた。

「冴紗さま！　なにがあったのですっ？」

「王さま、昨日までは、たいへん楽しげに冴紗さまの行幸仕度を整えてらっしゃいましたのに、…いったい、どうなさったのですかっ？」

冴紗は、おろおろと、みなを見るしかない。

……わたしこそが、わけをうかがいたいのです。

いったい、なにがどうしてこのようなことになってしまったのか。

「おまえらと話しておっても、それこそ埒が明かぬ。俺は出かけるからな」

全員が、唖然《あぜん》として口もきけぬ態であるのに、王はさっさと支度を済ませ、扉を出て行ってしまう。

一瞬、みなが顔を見合わせたが、すぐさま我に返り、

「王さまっ！　お待ちくださいませ！」

「王さま、…ああ、だれか、宰相をお呼びして！　本宮の方々、どなたか…！」

扉を開け、女官たちは声を上げげつつ渡り廊下を小走りに追いかけるが、王はそれを完全に無視する。

本宮のほうの扉が開いた。衛兵が、なにごとかという表情で顔を出したが、すぐに緊急事態であると察したらしい。声高に、仲間を呼ばわる。

「おい！　花の宮でなにかあったらしいぞ！　宰相か、重臣の方々をお呼びしろ！」

「わ、わかった！　だが、どちらにいらっしゃるのだっ⁉」

「この時間なら、まだそれぞれのお屋敷でご就寝中だろう！　急げ！」

冴紗もむろん、途中まで追いかけたのだが、そこで王は唐突に脚を止め、振り返ったのである。

「そのような、閨着《ねやぎ》の姿で、俺以外の男の前に出ようというのか」

ぎくりと、身がすくむ。

「……ぁ……」

「おまえはほんに、…なにひとつ、おのれの行動を改めようとはせぬのだな。これまでは、ただ子供の無恥だと思うて、俺もこらえてきたが、…そうでもなかったのやもしれぬな。おまえは、俺以外の男には、そうやって幼さを装って媚びるのだな」

怒りというよりは、侮蔑でもしているような表情であった。

必死で服の前を掻き合わせたが、…そもそも、寝間着といっても、冬の衣服である。夏場のものなら、透ける素材を使っているが、冬の長上着などは、そのまま外着としても使えるような服なのだ。それでも王は、お気に召さぬのであろうか。

王は威圧的に命じる。

「冴紗。言わずとも、――むろん、わかっておろうな。俺が帰るまで、王宮から一歩も出るでないぞ。婚儀の前のときは許したが、今度言いつけを破り、ひとりで王宮を出たら、…昨夜どころではない仕置きをするからな。よう覚えておけ」

女官たちに視線を移し、

「各地から、冴紗の好物を取り寄せてある。女舞踊の一団も呼んである。俺の居ぬ間、おまえたちがすべて取り仕切り、冴紗を遊ばせておけ」

王は本宮の扉のむこうへと、消えた。

渡り廊下で、冴紗は茫然と立ちすくんでいた。

自分はいったいどうすればいいのか。

前王の犯した略奪事件のあと、泓絢と侈才邏《いざいら》は、一時戦の状態になったという。その後、国交回復までにも、かなりの年月を要したらしい。だからこそ、聖虹使冠《せいこうしかん》の返還にも、神官たちの帰国にも、これほどまでに時間がかかってしまったのだ。

胸が締めつけられるような恐怖感に襲われた。

……もし、わたしのせいで、両国にふたたび戦が起こってしまったら……。

やはり、土下座をしてでも王にお怒りを解いていただくしかない。そう思い、数歩進んだところで、――本宮の扉のむこうから、激しい怒声が響いてきた。

「待て、だとっ？　…貴様ら、だれに向かって口をきいておる！　俺は侈才邏の王であるぞ！　俺が泓絢に行くと言うておるのだっ、いったいだれが文句などつけるっ⁉」

しばし衛兵たちとの小競り合いが聞こえていたが、宰相、重臣たちが駆けつけたらしい。

「王！　いったいなにごとでございますっ？」

「おひとりで泓絢へお出ましとか。泓絢側には、予定変更のご連絡を差し上げているのですか？　あちらも、聖虹使さまをお迎えするとなれば、それそうとうの支度をしておりましょうに」

王の怒鳴り返す声。

「ええいっ、うるさいわ！　予定変更の知らせなど、わざわざ出してやる必要もない！　むこうの支度など、整っていようがいまいが、俺は知らぬ！　『行幸』などと大げさなことを言うても、ただ冠を取り戻してくればよいだけの話であろうっ？　それくらいの些事《さじ》、俺だけでこなせるわ！」

次の声は、聞いてすぐだれだかわかった。宰相だ。必死にとりなそうとしている。

「そういうわけにはまいりません！　かろうじて和平を取り結んでおりますが、泓絢《おうけん》は長年の敵国。御身おひとりで赴かれては、危険でございます！　このたびは、冴紗さまと神官たちがご同行なさるという話でしたので、我々も同意いたしましたが、王おひとりであれば、議会は承認できません！」

「…どういう意味だ？　泓絢など、恐るるに足らぬ小国ではないか。せんだってのように、三国結託して、というのならまだしも」

反論が湧き起こった。数人が悲鳴のごとき声を上げていた。

「なにをおっしゃいます！　現泓絢王こそが、くせ物なのではございませぬか！」

「暟慈《がいじ》王の事件の際の王は、争い事を好まぬ小心者であったゆえ、我が国との全面戦争にまでは到《いた》りませんでした。その後、息子、…瓏朱《ろうしゅ》姫の伯父にあたる方が王となられましたが、さきごろ病死なさり、今は、前王の母君、前々王の妃殿下であられたお方が、女王として立たれておりますが、……この方は、ひじょうに老獪《ろうかい》で気性の荒い、『女蛟《おんなみずち》』と渾名《あだな》されるほどの女傑でございます！　巷《ちまた》では、意気地のない夫、息子を殺して、みずからが王となったのではないか、とまで言われております」

他の重臣らしき声が、咎めるように、

「貴殿ら、お言葉が過ぎよう！　泓絢女王といえば、羅剛王の祖母にあたられるお方ですぞ！」

言い返す声。

「しかし、王はいまおいくつになられる？　御歳二十四であられるのだぞ？　その間、あちらからなにか言うてきておるか？　いくら国交の途絶えた国とはいえ、血の繋がった孫の羅剛王に、書状ひとつ送ってきたことがないではないか。こたびも、王宮へ、ではなく、大神殿の冴紗さま宛だ。あちらの思惑など透けて見えておるわ」

重臣同士の諍《いさか》いを、王がいらいらと止めた。

「ああっ、もうよいわ。貴様らとて推測しておろう。『冴紗』が目当てだ。聖虹使である冴紗を第一に招いた国になる、さらには、いまになって俺と血つづきであることを持ち出し、俺の妃である冴紗と親類づきあいにまで持ち込む、それが狙いだ。…そこまでわかっていながら、聖虹使冠などという、じっさいあるのかどうかすらわからぬものを、なにもわざわざ冴紗を連れて行って、ありがたがって貰ってやる必要もない。俺が行って、渡させる。むこうに逃げ込んだ神官どもも、引き連れて帰ってくる。それでかまわぬではないか」

しばし、沈黙があった。

その後、ぼそぼそと聞こえた声。

「……わたくしも、そうは思います。冴紗さまのご麗姿を、他国の者どもに見せてやる必要などはない、と」

「じつは、……わしもそう思うておりました。本来、聖虹使さまは、大神殿から一歩も出ぬ決まり。用事があるならば、あちらから出向くべきでございましょう」

冴紗は、はらはらしながら聞いていた。

宰相や重臣たちなら、王をお止めできるかと思っていたが、このままでは羅剛王はおひとりで泓絢に向かわれてしまう。

本音を言えば、冴紗も、できれば『行幸』などという堅苦しい他国訪問など、したくはなかった。

最初の予定どおり、羅剛王とともに舞踊を観たり、街に出て揚げ菓子を食したり、などというときを過ごせるほうが、どれだけ幸せで楽しいか。

だが、――『聖虹使』としての自分は、仮の姿なのだ。

王がよくおっしゃる『人形《ひとがた》』のようなもの。

仮面を着け、与えられた科白《せりふ》を、感情など一切込めずにただ淡々と語ればよいだけだ。ゆっくりと、穏やかに。

神の御子としての語り口は、大神殿に上がってから、さんざん練習させられた。

歴代の聖虹使さま方の語ったとされるお言葉も、すべて覚えさせられた。

いまは、仮面さえかぶれば、自然に口をついて出てくる。『人形』としての芝居など、毎日やっていること。そのていどの芝居で、両国間の和平が保たれるなら、自分はどのような晒し者となってもかまわぬのだ。

……やはり、わたしが羅剛さまにお謝りして……。

扉に手を伸ばしかけたところで、王の断ずる声が聞こえた。

「ならば、——宰相、貴様だけついて来い！　他の者どもも、それなら文句はあるまい。泓絢側にも、そう伝書を出せ。修才邏の国王と宰相が直々に赴くのだ。ありがたいと思え、となな。——それから永均《えいきん》！　おまえは、冴紗の目付け役として置いていく。冴紗がこそこそと王宮を抜け出さぬよう、おまえの目でしっかり見張っておけ！」

騒ぎは潮が引くように遠ざかって行った。

……そんな……。もう決定してしまったのですか……？

長老さま方は？　騎士団の、行幸飛行は……？

そして、自分は……？

王のお決めになったことである。逆らうことなどできぬが、…あまりに突然のことで、気持ちの整理がつかぬのだ。

女官たちが、困惑ぎみに声をかけてきた。

「いったい、王はどうなさったのです？」

「このたびの行幸がどれほど大切なことか、王もおわかりのはずですのに。なにゆえ、あれほど頑なな態度に出られたのでしょう？」

冴紗は悄然《しょうぜん》と肩を落とした。

「わたしにもわかりませぬ。昨日は、大神殿で最長老さま方といらっしゃるときも、たいそうお話が弾んでいるご様子で、お楽しそうでしたのに、……わたしが話し出しましたら、ふいにお怒りになられたのです」

みなが、顔を見合わせた。

冴紗は落ち込んだ気分で、うつむいた。

「わたしが、きっとなにかお気に障るようなことを申したのです……。いつも、いつもそうなのです。わたしはほんとうに、気のきかぬ不調法者で……」

女官たちは慰めるように、

「お気になさらないほうがよろしいですわ。王さまの気まぐれは毎度のことですもの」

「あの方は、短気すぎますわ。ほうっておけばよろしいのです。宰相も同行なさるのでしたら、とくに問題はないでしょうし、『女蛟《おんなみずち》さま』も、いちおうは王さまのご親族なのですもの、無下な態度はとりませんでしょう」

そこへ、扉を開け、永均騎士団長が顔を出した。

つかつかと歩み寄ると、床に片膝をつく武人の挨拶をする。

「王妃殿下。仔細《しさい》はお聞きおよびでござろう。羅剛王の命により、王お戻りまで、それがしが御身をお護りいたすことになり申した」

「永均さま……」

とっさに返事ができなかった。

冴紗としては、永均にはついて行ってもらいたかったのだ。

自分は、王宮のなかで、十重二十重の衛兵に囲まれ、護られている。それよりも、敵国とも言うべき『泓絢』へ赴くときにこそ、騎士団長の警護が必要なのではないか。

永均は冴紗の心配を察したらしい。

いつもの堅苦しい物言いではあったが、言ってくれた。

「ご案じめさるるな。こたび、それがしは警備につきませぬが、むろん副騎士団長以下、修才邏軍精鋭部隊が、間違いなく王をお護りいたす所存ゆえ、御身はごゆるりと王のご帰還をお待ちくだされ」

さらに付け加える。

「その他諸々《もろもろ》のことも、ご心配には及びませぬぞ。王のご気性に関しては、我々重臣一同、心得てござる。泓絢側にも大神殿側にも連絡し、万事滞りなく進めますゆえ、ご安心めされい」

そこまで言われてしまったら、引きさがるしかない。

永均は、修才邏国赤省《せきしょう》大臣、国の守りの最高責任者なのである。

国随一の剣の使い手、歴戦を勝ち抜き、歩兵から軍最高位まで上り詰めた男。彼の言葉以上に信じられるものはなかろう。

「…………はい。では……よろしくお願いいたします」

しおたれて、それでもうなずく冴紗に、女官たちも同情ぎみに声をかける。

「花の宮へ戻りましょう。ね？　…冴紗さま、朝餉《あさげ》もまだお済みではございませんでしょう？」

「すぐに厨《くりや》の者に申しつけます。王さまが、冴紗さまの好物ばかりを取り寄せたそうですから」

せっかくの言葉であるが、冴紗はちいさくつぶやいてしまった。

「朝餉でしたら、……羅剛さまも、まだのはずですのに……」

夜遅く湯浴みをしたあと、夕餉を摂ったので、それほど空腹ではないと思うのだが、…

王は、自分とともに朝餉を摂ることさえ厭《いと》わしく思われたのか。

……夕餉の際は、いつもどおりわたしをお膝に乗せて、手ずから料理を食べさせてくださいましたのに……。

まだ王のほうへ気持ちが向いていて、振り返り、振り返り、という状態であったのだが、女官たちに促され、冴紗はしかたなしに花の宮へと戻った。


花の宮へと戻っても、冴紗は窓の外ばかりを気にしていた。

王は、ほんとうに自分を置いて行ってしまわれたのか。ならば、せめて飛び立つ姿をお見送りしたかった。

女官長は、冴紗を落ち着かせようと考えたのか、椅子に座らせ、茶と菓子を勧めてくれた。そして、おだやかに尋ねてきた。

「冴紗さま、少々立ち入ったことをうかがいますが。では、王がお怒りになる前には、どのような内容をお話しでしたか?」

温かい茶を両手で持ち、啜《すす》ると、わずかばかりではあるが、気分も鎮まってきた。

瞳をめぐらせ、思い出しながら、冴紗は答えた。

「ええ。……たしか…………泓絢の、朧偖《りょうせい》王子の話題でした。大神殿に頻繁にいらっしゃって、薬草などの寄進もたくさんなさってくださるので、とても助かっているのです。このたびわたしが泓絢に参る予定でしたので、あちらでもお会いできるのでしょうねと、お話しいたしました」

女官長の顔に、不思議な色が浮かんだ。

「それで、隴偖王子というのは、どのようなお方なのですか？　冴紗さまは、その方の話を、どう王さまにお話しになられましたか？」

「隴偖さまは、…たぶん、羅剛さまよりいくつか年上の、お見事な紫のおぐしと、薄茶の瞳、凛々しいお姿の、たいそう素晴らしい方だと、――たしか、そのような感じでお褒めしたと思います。ええ、とてもほがらかで優しい、ご立派な方ですから」

冴紗の座る椅子のまわりを、女官たちは囲んでいたのだが。なぜだかみな、なんとも言えぬような表情となった。

若い女官たちなど、顔を見交わし、なにやら意味ありげに苦笑までしているのだ。

冴紗は、そっと尋ねてみた。

「あの……いまの話だけで、みなさまには、羅剛さまのお怒りのわけがわかったのですか？　わたしは、いったいどのようなまちがいを犯してしまったのでしょう……？　やはり……わたしがなにか、いけないことを申し上げてしまったのですか……!?」

女官長は、慰めの物言いとなった。

「いいえ。冴紗さまがお気になさることはございません。冴紗さまは、事実を申し上げげた、それだけでございますね？」

「え、……ええ」

優しい年長者の物言いで、重ねて尋ねる。

「その方は、羅剛王にどこか似ていらした？」

頬が赤らむ想いで、冴紗はうなずいた。

「ええ。……やはり叔父上でいらっしゃいますし、お目元のあたりなどが……」

「羅剛王に似ていらっしゃるところがあるので、冴紗さまには素晴らしいお方に見えたのですね？」

「それは、もちろん。羅剛さまに似ていらっしゃる方が、素晴らしいお方でないはずがありませんし」

女官たちが、ため息をつき、こそこそとないしょ話のように語り合い始めた。

「……まあ……それでは、王さまが冴紗さまを泓絢に連れて行きたくないお気持ちも、わからないではありませんわね」

「ですけど、冴紗さまには、そういうことはおわかりにならないと、あの方もいいかげんご納得くださらなければ」

「ええ、ええ。このていどのことでいちいち目くじらを立てているようでは、ほんとうに先々身がもちませんと、ご注進したいくらいですわ」

冴紗は、青ざめてしまった。

「やはり、わたしのせいなのですね⁉」

あら、どういたしましょう、お聞かせするつもりではありませんでしたのに、と声には出さずとも、女官たちの互いの唇の動きで、そう読めてしまった。

冴紗は身を乗り出し、焦《あせ》る思いで質問した。

「瓏償《りょうせい》さまを、もっと言葉を尽くしてお褒めいたしたほうがよろしかったのでしょうか？　わたしごときが、叔父君を軽々しく評するようなことを申し上げたのが、いけなかったのでしょうか？　それが羅剛さまのお気に障ったのでしょうか？」

女官たちの苦笑が深くなる。

女官長が、安心させるようにほほえんでくれた。

「王がお戻りになられましたら、わたくしどもから申し上げておきましょう。――冴紗さまは、そのままでよいのですよ。王も本心ではわかっていらっしゃいます。…ね、みなさんも、そう思いますね？」

女官たちも、うなずく。

「ええ。わかっていらしても、…そうですわね、王さまも、男の方の、どうしようもない一面が出てしまわれるのですわ、ときどき」

ときどき、ならよろしいのですけどね、と、女官たちは、またもや仲間うちで笑い合う。

そうは言われても、王がお怒りなのはたしかなことであるし、あれほど愉《たの》しみにしていた『休暇の予定』と『泓絢行き』が、自分の不用意な言葉でふいになってしまったのもたしかなのだ。

冴紗は、ひとりぽつんと食卓に着き、寂しい朝餉を摂った。

窓からは明るい陽が射し込み、…本来ならば今日は街へ出られたかもしれぬのに、夜は舞踊を観ながら、各地の特産品を食し、王と楽しい夜を過ごせたはずなのにと、…そう思えば思うほど、自分に腹が立つ。

腹が立つと同時に、情けなく、悲しい。

……わたしは、どうしてあとさき考えぬ言動をとってしまうのでしょう……。

このまま王がお怒りを解いてくださらなかったら、…どうしたらよいのか。

みなさまも、理由がわかっているなら、詳しく教えてくだされればよろしいのに、と恨むような気持ちも少々湧いてきて、その考えに、またもや自分で情けなくなってしまう。

人を責めるのではなく、自分の馬鹿さかげんを責めなければいけないのだ。自分はどこまで性根の腐った人間なのだ、と涙さえ浮かんでくる。

冴紗が見るからにしょげかえっていたのだろう。見かねた様子で、女官たちがあれこれ語りかけてくれた。

「冴紗さま、女舞踊の一座を招いているという話ですから、いまからご覧になりますか？」

　冴紗は首を振った。

「ですが、……きっと無理です。花の宮には、舞台もありませんし、なにより、羅剛さまがご不在のおり、わたしだけが愉しむわけにもまいりません」

「ならば、心遣りにお庭のお歩行《ひろい》でもなさいますか？　…いえ、外は寒いですから、王宮内の散策など、いかがでございます？」

　他の女官たちが手を打って同意する。

「そうですわ！　それがよろしゅうございますわ！　王さまがいらっしゃらないのですもの。お好きなところにお出ましあそばせ」

「花の宮も、それは素晴らしゅうございますが、本宮や他の宮も、またちがった素晴らしさでございますのよ？」

　その話は聞いたことがある。

　現侈才邏《いざいら》国王である羅剛《らごう》王は、華美なものを好まず、質実剛健を旨としているが、さきの皚慈《がいじ》王は華やかなものを好み、本宮も他の宮にも、たいそう麗しい飾りを施したという。

　すこしはそそられたが、…冴紗は力なく応えた。

「ですが、花の宮から出るなと申しつけられておりますし……羅剛さまを、これ以上怒らせたくはないですし……」

渋る冴紗に、女官たちはさらに言う。

「いいえ。いつもは『花の宮から』でしたけど、今回は、『王宮から出るな』でしたわ。わたくし、ちゃんと覚えておりますもの。せんだっての、お母さまのお墓参りの件が、よほどこたえてるんですわ。ならば、王宮内くらいなら自由に、ということではありませんか？」

「ええ、ええ、そうですわ。王さまがたしかに言ったんですもの。こちらには非はありませんわ。…いかがです？　王宮内をご覧になっては？　本宮のほうは、たしかほとんど入られたことがないというお話でしたでしょう？」

「それは……ええ、そうですが……」

普段は『花の宮』住まいで、本宮は通り抜けるのみ、以前、あちらで暮らしていた際も、王のあとばかり追いかけていたので、冴紗は本宮のなかなどまったくと言っていいほど見てはいないのだ。

気持ちが動き始めているのを、察したらしい。女官たちは、重ねて煽ってくる。

「ね？　そういたしましょう？　わたくしどもも、これを機会に、本宮をあちこち見てみたいですわ。…ええ、王さまはあんなふうにお出かけになりましたけど、お留守のあいだに冴紗さまを退屈させたなどと知れたら、激怒なさるに決まってますもの」

ほかの女官たちが吹き出した。

「ええ、ええ。『なにをやっていた！　俺がわざわざ命じずとも、冴紗を愉しませるのがおまえらの役目であろうが！　おまえらは、それくらいの機転も利かぬのか！』などと、怒鳴り散らすお姿が目に浮かぶようです」

王の口調を真似て、ひとりが言うと、みな大笑いになる。

「あら、いやだ。ご本人かと思ってしまいましたわ」

「似てましたでしょう？」

「ええ、ほんに！　そっくり！」

ひとしきり笑い終わると、女官たちは手を合わせ、冴紗を拝む。

「ね、お願いいたしますわ、冴紗さま。…愉しいことをしてお時間を潰しましょう？　わたくしたちのためだと思って」

むろん、自分たちのためなどではなく、『冴紗のため』にそのような芝居じみた言い方をしてくれているのはわかるので、断れなくなった。

自分の不用意な言動が引き起こした事件であるのに、さらにまわりの人の心まで重くしては、ほんとうに申し訳ない。「ですが、ですが……」と人の言に逆らい、これ以上暗い顔をしていては、まわりの方々に失礼であろう。

そう思い、冴紗は薄い笑みを作り、うなずいたのであった。

「…………ええ。…そうですね。では、…みなさまにおまかせいたします」

V　王の私室

修才邏《いざいら》は、世の始まりの国、世界最大の国家。

修才邏王宮も、その名にふさわしく、広大である。

聞くところによると三千を超える部屋があると言われているが、じっさいのところはだれも真実はわからぬらしい。

なにしろ、世の始まりから、幾代もの王が増改築を繰り返した七階建ての壮大な宮殿なのだ。

そのうえ、ひどく入り組んだ構造、隠し部屋などもあまたあり、身分や役職により入れる区画も決まっているので、王にでもならぬかぎり、すべてを掌握することは無理だと言われている。だが現在の『羅剛《らごう》王』は、王宮の内部などにはいっさい興味を示さぬため、必然的にだれもたしかなことが言えぬ状態なのだ。

「……ほんとうに、羅剛さまの許可をいただかず、わたしひとりで本宮に渡っても大丈夫でしょうか……？」

渡り廊下を進むのも恐る恐るであった冴紗《さしゃ》だが、女官たちは、明るく笑う。

「大丈夫でございますよ。わたくしたちだって、用がある際は渡るのですし、冴紗さまは、王妃さまで、そのうえ聖虹使さまなのですもの。王と同等以上の権利をお持ちですわ」

本宮の扉の前、女官は高らかに告げる。

「ご開扉をお願いいたします！　花の宮より、冴紗妃殿下、お渡りでございます！」

扉はすぐさま開いた。

衛兵たちは、冴紗を見るなり、畏縮した様子で深々と頭を下げる。

反対に女官たちは、いつになく高飛車である。

「冴紗さまが本宮をご覧になりたいとのおおせでございますゆえ、みなさま、道をお開けくださいませ」

「ははっ！」

衛兵たちは、飛びのくように道を開け、冴紗たちを本宮に招き入れた。

と、そこまでは順調だと思われたのだが――――。

「どちらへおいでてござるか、冴紗さま」

衛兵たちのうしろから低い錆声《さびごえ》。永均《えいきん》騎士団長の声である。

あらあら、やはりお出ましですわね。王さまの懐刀《ふところがたな》さま。

ですけど、なんら問題はありませんわ。王宮のなかを巡るだけですもの。

女官たちの、聞こえよがしのささやき声で、永均は破顔した。

「それがしはどう言われようとかまいませぬが、…しからば、ご同行をお赦し願いたい。王より、くれぐれも冴紗さまの行動を見張るようにと、厳しく命じられており申す」

冴紗は、そっと女官たちに目で問うた。

かまいませんね？　わたしは、永均さまがごいっしょのほうが、安心ですが？

「ええ。うしろめたいことをするわけではありませんもの。——永均さま、それならば、あなたさまが案内してくださいます？　冴紗さまも、わたくしどもも、本宮は詳しくございませんの」

女官の偉そうな物言いに、永均は武人の挨拶をした。

「畏《かしこ》まってござる」

永均は、冴紗にも恭《うやうや》しく頭を下げ、

「宮中とはいえ、妃殿下のおなりゆえ、本来ならば先触《さきぶ》れを行かせ、警備兵に守らせるところでござるが…」

冴紗はすぐさま、答えた。

「いいえ。どうか、大げさなことはなさらないでくださいませ。みなさまも、それぞれのお役目がございましょうし、わたしの時間潰しにお付き合いいただいては、申し訳ありません。ほんのすこし、…ええ、すこしだけ、本宮を見たいだけでございますから」

答えをわかっていたかのように、壮年の武官はふたたび頭を下げ、

「では、僭越《せんえつ》ながら、それがしが先鞭《せんべん》つけさせていただくご無礼をお赦し願って、――さて、冴紗さま、どちらの宮の見学をご所望でござるか。あてどなく歩くには、王宮内はいささか広うございましてな」

冴紗が答える前に、女官たちが口を出す。

「あら、それはもちろん、麗しい宮や、美しい庭園がよろしいに決まってますわ」

「いいえ、それより、王さまの秘密のお部屋など、ございませんの？」

「それはいい考えですわね！　あの方、冴紗さまは花の宮に閉じ込めておいて、ご自身のことはなにもかも隠してしまわれるのですもの。いい機会ですから、こっそり覗いてしまいましょうよ。…ね、冴紗さま？」

かしましい女官たち相手では、修才邏一の武人でも手こずるらしい。

永均は半分苦笑いで、

「それは、王の私室、ということでござるか。ならば、中央棟、最上階でござるな」

思わず尋ね返してしまった。

「え？　たしか、羅剛さまのお部屋は、一階の端でございましたが？」

女官たちが、怪訝そうに、

「まさか。一国の王が、一階に居室を設けるなど、ありえませんわ。それも、端なんて。

『七の宮』ということでございましょう？　そのあたりは、厨などのほかは、下働きの部屋ばかりではありませんか」

「女官でも、位が上になりましたら、『六の宮』に居室をいただけますのに」

冴紗は首をかしげた。

「いえ、……たしかに、そちらでした。わたしは、羅剛さまのお部屋でしばらくはいっしょに眠らせていただいていたのですから、覚えまちがいではないはずです」

女官たちの顔を見、冴紗は付け足した。

「以前はちがいましたが、……そうですか、いまは、そちらなのですね。わたしは、……近ごろ、羅剛さまのお部屋に入れていただいておりませんので、存じ上げませんでした」

「ええっ⁉」

「まさか、そんな！」

みなの驚きのなか、永均が、かすかな溜息をついた。

「……冴紗さまのおっしゃるとおり、以前はたしかに七の宮にお住まいでござった。複雑な皇子時代を送られたのでござる、王は」

冴紗は、はっとして、口を押さえた。

初めて羅剛さまとお逢いした、その日、そのとき、前王皚慈《がいじ》さまは家臣たちに弑殺された。

……わたしにとっては、羅剛さまは最初から『王』であられましたが……。

そうだ。王から聞いてはいたのだ。皇子時代の悲惨な話も。

世継の皇子として大切に扱われるどころか、父王から声もかけてもらえぬ、食事すらまともに与えてはもらえぬ幼少期であった、と。

だが、森で極貧生活をしていた冴紗には、下働きの住まうような部屋であっても、王宮の素晴らしい部屋に見えていた。それに、羅剛王とともに過ごせる幸せで、まわりのことなどまったく見えてはいなかったのだ。


そのように始まった本宮散策ではあったが、――扉を通され、わずか進むだけで、冴紗は歓声を上げることとなった。

「なんと立派で、堅牢《けんろう》そうな宮なのでしょう！」

以前、萋葩《さいは》国の、けばけばしく飾り立てられた王宮を見ているので、そのちがいに驚く。

修才邏王宮は、気高く、麗しかった。

基本的に修才邏の歴代の王たちは、みな質実剛健な性格であったらしい。柱、壁、床、すべてが、強さと使い勝手だけを考えたような材でできている。しかし、であるがゆえに、潔いまでの機能美に溢れているのだ。

反対に、回廊に飾られている絵画、彫刻などは、前王のご趣味なのか、優美なものばかりで、その剛健さと優美さが、絶妙な調和を作り出している。

永均は、長裾《ながすそ》の冴紗と女官たちを気づかうように、幾度か振り返りつつ、歩を進める。

「冴紗さま、会議の間や、執務室は、ご記憶でござるか」

「ええ。…懐かしいですね。羅剛さまが、よく連れて行ってくださいましたね」

永均はかるい笑い声をたてる。

「王は、どこへ行かれるのにも御身のお手を引かれて。仲睦まじいご兄弟のごときおふたりのお姿は、我々家臣にとっても、たいそう心和むものでござった」

赤面してしまった。

「永均さまは、昔のわたしをご存じですから、…恥ずかしゅうございます。田舎者の子供で、物も知りませんで、…みなさまにも、失礼なことばかり申しました」

王はいまだに揶揄《やゆ》なさるが、王宮に来たばかりの冴紗は、たいそうな『頑固者』で『はねっかえり』であったのだ。王宮のしきたりも知らず、年長の重臣たち相手でも、ちがうことはちがう、筋の通らぬことは通らぬと、あけすけに指摘した。自分で思い出してもそう思うのだから、まわりから見たら、さぞかし扱いにくい子供であったろう。

はっはっは、と珍しく声を立てて壮年の武官は笑った。

「お子さまなどは、少々自分勝手なくらいがよろしいのです。まことに、…御身がいらしてから、この王宮は、花が咲いたように明るくなり申した。それまで、あまりに暗い時代がつづきましたのでな、…お子さま方の笑い声が王宮内に響くさまは、我らにとってどれほど心浮き立つものであったか。…我々は、御身がいらしてから初めて、羅剛王の笑うお姿を拝見することができ申した。あの方は、……それまで一度たりとも、お笑いになられたことなどなかったのでござる」

「……え？　…まさか、ほんとうなのですか？　羅剛さまは、たいそうよくお笑いになられる方だと思っておりましたのに……」

ふいに振り返り、永均は生真面目な顔で、言った。

「はっきりと申したことはござらぬが、――あの日、あのときに、御身がご出現なさったのは、まこと虹霓神《こうげいしん》のご采配《さいはい》であろうと、修才邏をお救いくださるため、神は虹髪虹瞳の御子をお遣わしになられたのだと、みな心より感謝いたしておりました。神は、修才邏のため、羅剛王の御ために、これ以上にない救い主をお降ろしくださったと」

ありがたい言葉に、冴紗は頭を下げるしかなかった。

……わたしこそ……神に感謝いたしております。

ほんのわずかでも、羅剛さまのお命を救う手助けができたこと、羅剛さまとともに暮らせたこと、そして羅剛さまの妃とさせていただいたこと。

神にも、あらゆる方々にも、感謝しきれぬほど感謝いたしております。

永均は、説明を加えつつ、進む。

王宮は、巨大な『一の中央宮』、そのまわりを四角く囲うように『二の宮』、さらに『三』『四』『五』『六』『七』と、おおまかに分けると七つの棟が取り囲み、各宮はそれぞれ渡り廊下で繋がれている。

その七宮までを『本宮』と呼び、冴紗の住まう『花の宮』は南側、西の宮など、幾つかの別宮も、同様に本宮からは離れた位置に建てられている。…と、簡単に述べるとそういう造りであるらしい。

「冴紗さまが当時ご行動なさっていらした場所は、最も外側の『七の宮』でござるが、会議の間などは、『五の宮の七階』、――つまり、中央部、上階にあがるにつれ、国家の中枢に近づく、というわけでござるな」

「そうなのですか！　当時は、『会議の間』に行くには、森の端から端まで歩くくらいの感覚でしたが、…そうですか、それでもわたしは、『五の宮』までしか入っていなかったのですね」

目の眩《くら》む思いであった。そして、飛竜に乗り、幾度も王宮を下瞰《かかん》してきたはずであるのに、その広さどころか構造自体すら把握していなかった自分の無恥を愧《は》じた。

じっさいのところは、何度飛ぼうと、恐ろしくて下などまともに見ていられぬ、というのが真実なのだが……。

見るもの、聞くもの、すべてが驚きの連続で、冴紗は感嘆の声を上げどおしであった。

だが、……そのようなさなかにも、気が緩むと、すぐに『羅剛王』のことを考えてしまうのだ。

……羅剛さまは、もう泓絢に向けて飛び立たれたのでしょうか。

お帰りはいつごろでしょう。

無事にお戻りでしょうか…？

王宮でおとなしく待っていれば、お戻りになられるころは、冴紗を赦してくださいましょうか……？

唇を噛み締め、想いの輪を断ち切り、冴紗は永均に視線を向けた。

みながみな、自分を励ますためだけに、付き合ってくれているのだ。

いま自分にできることは、みなの気持ちを汲《く》んで、精一杯愉しむこと。それだけだ。憂《うれ》えていても仕方ない。

「それにしても、永均さまに案内していただかなければ、迷ってしまうところでした」

すでに渡り廊下を幾つか越えていた。永均は最短距離で『一の宮』まで進んでいるようであった。

どこの宮に足を踏み入れても、行き交う者が大勢いた。

冴紗たちの姿を認めると、女官、家臣、衛兵、あらゆる者が壁面に退き、すみやかに平伏して敬意を表する。

冴紗は、人々には、にこやかに笑み、感謝の意を伝えつつ、永均に語りかけた。

「……ほんとうに、たくさんの方々が、王宮内で働いてらっしゃるのですね」

「左様でござるな。城壁内外の衛兵たちまで数えると、…ざっと一万ほどの人数でござろう。むろん、我々軍の兵は省いて、の計算でござるが」

「それほど大勢の方が！」

冴紗はふと思いつき、尋ねてみる。

「ところで永均さま、ひとつお訊きしたいのですが、…さきほどのみなさまのお話では、『七の宮』は、下働きの方々のお住まいが主であるとか。羅剛さまは、あのときすでに王におなりでしたのに、なにゆえそのような場所から私室を移されなかったのですか？」

一瞬、応えに間があった。

「……むろん、すぐ、本来の王の御座所《ござしょ》に移られてもかまわなかったはずでござるが、…あの方のお望みは、昔もいまも、冴紗さまのお幸せのみ。広い王宮で御身が怯えられぬよう、迷い子にならぬよう、…そう思われてのことでござろう」

ふふ、と笑い、

「それだけではまだご安心できずに、冴紗さまのためだけに『花の宮』までこしらえましたからな。堅苦しい決めごとなど一切なくし、ただ御身が心から安らげるようにと」

言わんとする意味は、わかった。

これだけ広大な王宮なのだ。わざわざ新たに宮など造らずとも、部屋はあまた空いていたはず。冴紗の住まう部屋など、いくらでもあったのだ。


一刻ほども歩き、――ようやく、『中央一の宮』へと辿り着く。

足を踏み入れたとたん、冴紗の口からも、女官たちの口からも、ほうっと、感嘆の声が洩れる。

明るい陽の光。

見上げれば、宮の中央が吹き抜けになっており、天空の最上階に、水石を嵌《は》めこんだ窓があった。

そこから、きらきらと、光は踊るように降り注ぎ、精巧な彫刻を施された柱や壁にあたることによって七色の虹を生み出し、冴紗たちの足元でかろやかにたわむれる。

昼には太陽が、夜には月が、煌々《こうこう》と宮内を照らすことであろう。

冴紗は手を合わせ、しばし光の乱舞する夢のごとき光景に見入っていた。

……ああ、ここが、世を統治している場所、修才邏の中枢部なのですね。天帝さまがお護りくださっているのが、この身に感じられる、素晴らしき宮でございます。

いとしきお方のすごす場所近くに来ることができて、感動もひとしおであった。

さらに、二階、三階、と階を上るにつれ、装飾もいっそう善美絢爛《けんらん》たる趣きを増し、ますます天界へと近づいていくよう。

だが、六階まで上ったとき、唐突に永均が口を切ったのである。

「では、――これより先は、冴紗さまのみでお進みくだされ」

「えっ⁉ わ、わたし、だけ……でございますか……？」

永均は頭を下げる。

「じつは、それがし、ここまでの入場許可しかいただいており申さぬ。むろん、女官方、…貴殿らも、さすがにこれ以上はお供を控えたほうがよろしかろう」

「そんな……みなさまも、駄目なのでございますか……？」

冴紗は迷った。

……もっと気軽に、十数年ぶりに、懐かしい羅剛さまのお部屋あたりを見てみたいと、そのていどの考えでしたのに……。

これほど大げさなことになるとは思っていなかったし、まさか、国を治める『七重臣』のひとりである永均ですら入れぬ場所があるとは、…冴紗はまったく考えてもいなかったのだ。

……どういたしましょう……？

急に怖くなってきた。

王の、現在のお部屋を見てみたい気は、もちろんある。

しかし、ともに眠っていたときならいざしらず、王が秘密になさっている私室を、いくら妃とはいえ、覗き見していいものか。

答えは、すぐに決まった。

やはりやめましょう、と口にしかけたとき、——だが唐突に、窘めるような声がかかったのである。

「おやおや、そなたら、どこより参った？　だれも止めなんだのか？　…これよりさきは、羅剛王の階ぞ。早う立ち去りや。王のお目に触れてしもうたら、厳しいお叱りを受けまするぞ？」

はっとして、そちらに視線を飛ばすと、廊下のむこうから、小柄な女性が歩み寄ってきた。結い上げた髪も白々と、かなりのお歳のようで、目も足もよく利かぬのか、よたよたとした足取りである。

が、近寄り、こちらの姿を認めるやいなや、動顛のさまとなった。

「おやまあ！　冴紗さまではございませぬかっ！　…まあ、永均さまもっ⁉」

冴紗も、気づいた。

「乳母《うば》さまっ⁉　…そうですね？　お久しぶりです。冴紗でございます！」

ああ、彼女であるなら、この場にいてもおかしくはない。

幼いころの羅剛王が、もっとも心を許した人間が、彼女であろう。

聞くところによると、彼女は以前、先代皚慈王の乳母であったらしい。

ゆえに、母が死に、乳さえ与えられず放り出されていた赤子を見るに見かね、自分が育てると言い出した際も、かろうじて首を刎《は》ねられずに済んだのだ。我が子羅剛を疎み、存在さえ無視しつづけた皚慈王ではあるが、さすがに自身の乳母の言動は赦すしかなかったのだろう、…と、人々の噂では、そういう仔細らしかった。

冴紗は、久しぶりに会えた乳母に語りかけた。

「もう幾年になりますか？　最後にお会いしたのは、わたしが花の宮に入る際ですから、…かれこれ十年以上前のことでございますね？　お元気でいらしたのですね。その節は、たいへんお世話になりました」

皚慈王の代からの乳母ということで、当時も年であったが、いまはさらに年齢を重ねている。まだお勤めであったとは、冴紗も知らなかったのだ。

しかし、乳母のほうも懐かしんでくれるかと思ったが、彼女は、なにやらそわそわとしだした。

「冴紗さま、おひとりでのお渡りで…？　羅剛さまは……？」

「ええ、羅剛さまは、ただいまご政務で、お出かけでございます」

「たしか、泓絢へ赴かれるというお話でございましたな？　行幸までには、お戻りあそばしますので?」

力なく、冴紗は首を振った。

「それが、……ご政務というのは、そのことでございまして……。羅剛さまだけで弘絢に向かわれてしまいました。わたしが……不用意なことを申しまして……」

怒らせてしまったのだと、乳母も察したらしい。

乳母も、王の短気を熟知しているのだろう。すぐさま同情顔となった。

「さようで。それでは、……たいへん申し上げにくうございまするが、冴紗さまもご退出いただけませぬか…? これより上にはどなたも入れてはならぬと、羅剛さまよりきつく申し渡されておりまする」

花の宮の女官たちが、気色ばんで食ってかかった。

「無礼な! どなたにおっしゃっているのです!? 王さまの乳母といえども、お言葉がすぎます! 冴紗さまは、修才邏国王妃であられるのですよ? ご夫君のお部屋を見て、なにが悪いというのです!?」

「冴紗さまがご覧になってはいけないものでもあるというのですかっ?」

乳母は、いいえ、いいえ、と首を振った。

「滅相《めっそう》もございませぬ。それどころか……」

言い淀《よど》み、しばし考え込んでいたが、しみじみと言葉をつづけた。

「――考えてみれば、良い機会でござりますな。この婆《ばば》も、近ごろすっかり、目、足、きかなくなりましてなぁ、ひとりでは一の宮七階のお清めは難儀でござりまして、そろそろお役御免を申し出ねばと思うておりました。…こうして、冴紗さまがおこしあそばしたのですから、……はい、ようございます。婆の、最後のお節介でござりますよ。一目なりともご覧くだされば、羅剛さまのご真意が伝わりましょうし」

そうして乳母は、よたよたとさきに立ち、冴紗だけを、王の私室へと案内したのである。

が、――七階へと上がり、鍵のかかった重厚な扉を開け、なかに入ったとたん。冴紗は驚きの声を上げることとなったのだ。

「ええっ⁉　ほんとうに、ここが、羅剛さまのお部屋なのですかっ？」

目に映っているものが、信じられなかった。

歳老いた乳母は、重々しく頭を下げる。

「さようでござりまする。まごうことなき、侈才邏国王陛下、羅剛さまのお部屋でござりまするぞ」

なにも、ない。

家具も装飾も、最低限の机と椅子以外、…いや、それだけではない。壁には、壁紙すら張られていないのだ。寒々しい壁地が、無残にも剝《む》き出しなのである。

床も同様で、敷物すらなく、そしてなによりひどく狭い部屋なのだ。まるで罪人を閉じ込めておく牢屋のように。

一歩、二歩、ふらふらと進んでいて、脚に硬いものが触れた。

冴紗は視線を落とした。

……これ、は……？

一瞬、なにであるのか理解できなかった。

が、……その形状から鑑《かんが》みて、

「まさか……これは寝台なのでございますかっ⁉」

冴紗は息を呑んだ。

それはなんと、石造りの寝台であったのだ！

乳母は、静かに説明する。

「はい。羅剛さまは、その寝台にて、外套のまま、毛皮一枚だけを羽織り、お休みになられまする」

「この真冬に、ですかっ⁉」

「はい。どの季節も、それ以上はけっしてお召しにはなりませぬ」

「ですがっ、…花の宮の寝台は、柔らかく、暖かく作られておりますのに……」

乳母は語る。

「冴紗さま。ご承知でござりましょう。あの方は、冴紗さまのことだけは、真綿にくるみ、風にもあたらせぬ、足さえ地につけさせぬほど、心底お大事になされまするが、ご自身に関しては、まるで無頓着であそばします」

声が震えてしまった。

「それは……羅剛さまは、わたしにはたいそうお優しい方ですが、…それでも、物には限度というものが……」

乳母は、苦笑じみた笑みを零す。

「これで、ようござりますのですよ、あの方には。…いいえ、このお部屋でなければ、いけなかったのでござりまする」

「……え……?」

「冴紗さまの触れられる場所は、壁も床も、すべらかで、心地ようござりましょう? あれは、最高の材で作らせたうえに、釘の飛び出しひとつ、木のささくれひとつ見逃さぬようにと、羅剛さまが御《おん》みずからお手で撫でて、たしかめられまするので。お床を這い、お壁を撫で、…お召し物も、一着一着……『万が一、針でも抜き忘れていたら、冴紗の柔肌が傷ついてしまう』とおっしゃりましてなぁ」

思わず声を荒らげていた。

「わたしは、……わたしは、傷など、恐れはいたしませぬ！ 幼いころは、森のなかで暮らしておりました。木も土も、素手で触れ、生傷が絶えぬ生活でございました。羅剛さまとて、それはご存じのはずですのに！」

冴紗さま、お心お鎮めくださいましな、と乳母は、やんわりと手で窘め、

「なれども、羅剛さまは、そうなさりたいのです。冴紗さまの御ために働くことが、あの方の、心よりの喜びであり、生きがいでござりますゆえ、…たとえ冴紗さまご本人であられても、それを止めてはなりませぬ。むろん、私どもが止めることも、できませぬ」

言葉にならぬ想いが、胸中で荒れ狂っていた。

……これは、現実なのでございましょうか……？　羅剛さまのご勘気に触れ、置いていかれて、落ち込んでおりましたのに……。

ふと、視線が机の上に流れた。

幾冊もの帳面が置かれていた。

あれだけお忙しい方であるのに、私室でもご政務をなさっていらっしゃったのか。

歩み寄り、乳母に、すこし見てもかまいませんでしょうか？　と目で尋ねると、

「はい。御覧あそばしませ」

と、頭を下げる。

ほんの、なにげなく、であった。

乳母がそばについていてくれるという安心感からか、あまりに質素な室内であるためか、

冴紗は深い考えもなしに、帳面を開いてしまったのである。

しかし、なかに描かれていたものを見て、冴紗は絶句した。

……これは、…衣装の素描ではありませんか……っ！

見てすぐにわかった。『冴紗』のものだ。

王が、冴紗の衣服の案を出していると、以前そのようなことを聞いた覚えもあるが、それは一着か二着のことだと思い込んでいた。

「これも、……ああ、これも……」

なのに、めくってもめくっても、見覚えのあるものばかりなのだ。

服だけではない。靴や、飾りものや、持ちものまで……。

乳母も帳面を覗き込み、

「おや、ご存じなかったので？　冴紗さまのお使いになる御品は、あまねく羅剛さまのご発案にござりまするぞ？　衣装も、細工物も、細かい柄などは職人に任せますが、おおまかなことは、すべて羅剛さまがお決めになられまする」

呆然としている冴紗に、乳母は、嘆息まじりで語る。

「いまだから申しまするが、……婆だけには、羅剛さまはお心を語ってくださりましてな。……たいそう恥じておられました。一国の王が、このようなことばかりしておると知れたら、俺は人々からますます嗤われような、と。――なれど婆は、そのようなことはござりませぬと、虹の御子《みこ》さまを想われる羅剛さまの崇高なお気持ちには、どなたもご共感なさいましょうし、かならずや御子さまにも伝わりましょうと、…そうお答えいたしました」

動揺が激しく、言葉がひとつもみつからぬ。

「冴紗さま。すこし、年寄りの話を聞いてくださりまするか」

「……え、ええ」

冴紗に語るというよりは、独語のように、老乳母は語った。

「婆は、長年思うておりました。羅剛さまは、冴紗さまへの想いを抑えるために、この部屋をお作りになられたのだと」

「わたしへの、想いを抑える……？」

「羅剛さまからは、なんとお聞き及びでござります？　ほんに、父君のなさりようは、たいそうむごいものでござりましてな、…婆も、この首かけて、幾度もご注進申し上げましたが、……羅剛さまは、おつらい皇子時代を送られ、さらに皚慈さまご逝去ののち、御歳十三で王となられてからは、どなたにも頼ることもできぬ状態で、国内外の大人たちを従えて行かねばなりませんで……」

冴紗も同意した。

「それは、よくわかります。羅剛さまは、初めてお逢いしたおりより、ご立派でいらっしゃいました」

「いえいえ。それはちがいまする。冴紗さまがいらして、羅剛さまはご立派におなりあそばしたのでございます」

「……わたしには、……意味が……」

「あの方は、侈才邏の第一皇子としてお生まれになられたにもかかわらず、なにもお持ちではございませんでなぁ、…愛情に飢えていらした、とでも申しましょうかね、……いつも荒《すさ》んだ目で、まわりの者に当たり散らしておいででした。…みな、さきを案じておりましたよ。このままでは、お父上のような王にと、おなりあそばすのではないかと。……なれど、冴紗さまがいらして、羅剛さまは、驚くほどお変わりになられた」

乳母は、袂《たもと》で涙を拭った。

「ええ。長い長いとき、羅剛さまはおこらえになっていたのでございますよ。冴紗さまはあまりにお子さまでございましたし、…硬く冷たい石の寝台で御寝《げし》なさらなければ、お身体もお心も、抑えがきかなかったのでございましょう。……ですが、ようやく、羅剛さまの長年の本願叶い、冴紗さまを花嫁に迎えられたのですから、……ええ、ええ、この婆も、嬉しゅう存じまする。あのようにご立派な王となられて、…老骨に鞭《むち》打って、長年お仕えしたかいがございました。ほんに、ほんに、嬉しゅう存じまするぞ」

老乳母は鼻をすすり、ひとつ頭を下げた。

「……おやおや、いやでございますねぇ、年寄りは繰りごとが多くて。まことに申し訳ござりませぬ」

そして、しいて明るい口調に変えるように、

「ところで、お手紙は、毎度無事に届いておりましたか」

乳母の話に胸打たれていた冴紗は、一瞬返事が遅くなったが、

「……お手紙？　なんのことでございますか？」

乳母は怪訝そうな顔となる。

「いつものお手紙でございますよ。このところお出しにはなりませんが、冴紗さまが大神殿にお入りになられてから、羅剛さまは毎日かかさず、…いえ、多いときには日に何通もお出しになられてらっしゃいましょう？」

「………は……？」

冴紗は、茫然と尋ね返していた。

「わたしは、……羅剛さまからお手紙など、一度もいただいたことはございませんが……」

老婆は、顔の皺が伸びるほど驚愕の面持ちとなった。

「なにをおっしゃる！　婆はたしかに、毎日小竜に運ばせておりましたぞ！」

冴紗こそ尋ねてしまった。

「では、……わたしの手紙は……？　わたしこそ、十年間、一日何度も、羅剛さま宛にお手紙を書きました。最長老さまにお願いして、小竜に乗せていただきまし…………」

言っている途中で、真実に気づいてしまった。

冴紗は口を手で押さえ、それ以上を言いやめた。

……まさか……まさか、どなたかが、止めてしまわれた……？

尋ねるまでも、調べるまでもない。

自分たちは男同士であり、本来結ばれるはずもない間柄。

大神殿の神官たちも、王宮の家臣たちも、王と冴紗を引き離すためにあらゆる手を尽くしていた。

近隣諸国の王女の姿絵を取り寄せ、王のお気に召す方を探そうとし、王女が駄目なら、女官でも下働きでもよいのでお召しいただけぬかと羅剛王に頼み込み、最後の最後には、崢嶮《そうけん》の美優良《みゆら》王女を、王には無断で侈才邏王宮へと招き入れることすら、した。

冴紗は首を振っていた。

自分はなんと子供であったのか。

……それでも、羅剛さまが、他の方をがんとして拒み、わたしをお望みくださったので、わたしたちは、なんとか結ばれることができたのですね……。

あたりまえのように、いまの幸せに浸り切っていた。

羅剛王の強いお気持ちと行動がなければ、自分などが『王妃』になれるはずもなかったのに、…そのようなことも、すっかり忘れ果てていた。

帳面に視線を落とすと、余白には、『冴紗』『冴紗』と、書かれている。

『冴紗。いとしい俺の冴紗』と。それればかりが…………。


「……羅剛さま……」

冴紗は袂で顔を隠し、愀然《しゅうぜん》と涙を流した。

見てはいけなかったのかもしれない。

いや、…見て、嬉しかった。せつなかった。

王の素顔を、知れば知るほど、あの方の素晴らしさ、愛情深さが、胸に沁みる。

指を組み合わせ、王に届くようにと、祈った。

……羅剛さま。どうか一刻も早くお戻りくださいませ。

冴紗は謝りとうございます。

これほど想ってくださるあなたさまを、わたしは怒らせてしまいました。あなたさまの深いお心も知らず、置いていかれたことにお恨みさえいだきそうになっておりました。

どうか、お赦しくださいませ。

そして、ありがたき幸せに存じますると、わたしも御身を心より愛しておりますると、

……どうか、どうか、この口で、じかに伝えさせてくださいませ。

Ⅵ　思いがけぬ訪問者

二日、三日。

無為《むい》に過ごす日がつづき、冴紗《さしゃ》は鬱々《うつうつ》としていた。

王不在の王宮は、どこも寒々しく、せっかく招いてくださった女舞踊の一団も、ひとりで観ていると、舞が上手であれば上手であるほど、かえって虚しさ寂しさが募るのだ。

……羅剛《らごう》さまは、いつごろお戻りなのでしょう……。

泓絢《おうけん》までは、七、八刻もあれば飛べるはず。早ければ当日の夜にでも帰ってきてくださるのではないかと、淡い期待をいだいていたのだが、もう三日も経ってしまった。

なにか問題でも起きたのであろうか。

聖虹使冠《せいこうしかん》の返還をあちらが渋っているのか、それとも、初めて会ったご親族同士、話が弾むなどして、長居をなさっているのか。

永均《えいきん》はじめ、残された重臣たちも、やきもきしている様子であった。

修才邏《いざいら》は王政ではあるが、政においての王の権限は半分。あとは、宰相と七重臣に決定権がある。

その『王』と『宰相』が揃って出国してしまっているのだ。政務にも滞りが出始めているらしい。

不安材料はそれだけではない。訪問先は、よりによって『弘絢』なのである。

友好関係が築かれているとはけして言えぬ国ゆえ、もしや不測の事態でも、…と案ずる思いは、だれにもあるようであった。

臣のなかには、『あの羅剛王が、冴紗さまを置いたまま三日も帰国なさらぬのは、どう考えてもおかしい』と、あからさまにそう口にする者もいた。

冴紗も花の宮でお帰りをお待ち申し上げていたが、激しい焦燥感に苦しめられていた。

そのようなおり、――事件は起きたのである。


「冴紗さま！　た、たいへんでございます！」

なにごとかと、足早に居室から出ると、女官たちがざわめき立っていた。

「弘絢から、特使の方がいらしたそうでございます！」

あわてて扉を開けると、渡り廊下で、花の宮警備の女衛兵が、膝をついていた。冴紗は、焦る思いで尋ねた。

「どういうことですかっ？　羅剛さまがお戻りなのではなく、弘絢の特使がこちらに見えられたわけですかっ⁉」

「はい。王妃殿下にお目どおりを願いたいと、…泓絢女王印の押された正式書状もお持ちでしたので、ただいま、永均騎士団長が応対しておりますが、特使の方は、冴紗さまにお会いしたい、ほかの方では話にならぬ、の一点張りだそうで」

そばで聞いていた血気盛んな若い女官が、先日と同様、尖り声を上げた。

「冴紗さまに直接の御面会を乞うなんて、いくら泓絢女王直々の書状をお持ちの方でも、無礼でございましょう！」

「はい。騎士団長も、その旨《むね》伝え、二の城壁で足止めをしているそうですが、王、宰相、ご不在のおり、あちらもなぜだか供も連れずにご来訪のよし、」

報告の途中であるが、冴紗は遮った。

「いいえ。その方に、ぜひ会わせてください。そう、永均さまにお伝えくださいませ」

言い置くと冴紗は衣装の間へと行き、急いで『銀服』へと着替えた。

この時期に、泓絢からの緊急の使者が来たのならば、羅剛王に無関係のはずがないのだ。相手の礼儀云々を咎めている場合ではない。

……もしや……もしや、羅剛さま、お怪我や病などで、お戻りになれないのでは……。

ああ、やはり、どのようなことをしても自分がついて行くべきであった。騎士団の者たちが警護しているとはいえ、王と宰相以外には、城内に入る許可は出ぬはず。寝室などで病でも発症してしまったなら、…妃である自分しか、王をお助けできぬのだ。

「申し訳ありませぬ、羅剛さま」

すべてわたしの責任でございます。

どうぞご無事でいらしてくださいませ。なにごともなく、お戻りくださいませ。

祈るような思いで、冴紗は渡り廊下を小走りに駆け、『七の宮』へと向かった。


修才邏王宮では、来賓客を通す部屋も、厳密に格分けされている。

むろん、二重の城壁内へと招き入れるのは、あるていどの身分、地位の者だけであるが、小国の特使などは、『七の宮の謁見室』へ。重要人物であればあるほど、内側の宮へと通すのである。

謁見座に着いても、冴紗は胸の動悸《どうき》を抑えられずにいた。

大神殿では、『虹霓教最高神官・聖虹使』として、日々そうとう数の謁見をこなしているとはいえ、考えてみれば、『修才邏国王妃』としての正式謁見公務は初めて、それも、いまは、羅剛王もご不在なのである。

叩扉の音とともに、永均騎士団長の、重い声。

「王妃殿下。泓絢よりの使者をお連れ申した。ご開扉の許可をお願いいいたしまする」

ひと呼吸おいて、冴紗は応えた。

「──許します」

「はは！」

扉が開き、──まるで罪人を引きたてるがごときありさまで、永均はじめ、警備兵十人ほどが、ひとりの男を取り囲み、入ってきた。

その人物を見た瞬間、冴紗は驚きの声を発してしまった。

なんとなれば、

「りょ、りょうせいさま……隴偖《りょうせい》さまではございませぬか！」

紫の巻き髪を背でくくり、長く垂らしている麗しき青年。つい先日まで大神殿で連日会っていた、隴偖王子だったからである。

冴紗は座を下り、足早に駆け寄った。

「どうぞ、警備を解いてくださいませ。その方は、泓絢国の王子さまでございます」

動顛して、王妃としての立場も忘れ、冴紗は隴偖に詰め寄っていた。

「羅剛さまが、どうかなさったのですかっ⁉　隴偖さまは、お国に戻られたのではなかったのですかっ？　なにゆえ、こちらにいらしたのですっ？　女王さまの親書をお持ちということは、いったんは泓絢に戻られたのですよねっ？」

矢継ぎ早に尋ねる冴紗を、隴偖は奇妙な表情で見つめている。

冴紗は、はっと気づき、手を合わせて謝罪した。

「……あ、……あの、……ご容赦くださいませ。いまは、聖虹使としてではなく、修才邏国王妃としてお会いしておりますので、仮面もつけておりません。衣装も、褻着《けぎ》で失礼いたします。…言葉づかいも、……ほんに、お許しくださいませ。大神殿で幾度もお会いいたしておりますから、少々馴《な》れ馴《な》れしゅうございましたか？」

しかし、隴偖は答えぬ。瞠目《どうもく》したまま、冴紗の顔ばかり凝視しているのだ。

困惑してしまった。

羅剛王を心配するあまり、自分はかなり慎みのない行動をとってしまったらしい。

隴偖が驚くのも、とうぜんだ。

大神殿での冴紗は、顔色ひとつ変えず、身動きひとつせぬ状態で、淡々と会話をするのだ。隴偖とも、数年間そのようなかたちで話をしてきた。いま、座を下り、おろおろと取り乱している冴紗は、彼からはたぶん別人のように見えるであろう。

……いえ、それよりも、わたしが賓客のもてなしをしていないと、呆れていらっしゃるのでは……。

どういたしましょう？　と、冴紗は永均に視線で助けを求めた。

だが、永均も兵たちも、いまの冴紗の振舞いには戸惑っている様子であった。

しかたない。羅剛王にさえ、名すら伝えていなかったのだ。『隴偖王子』という方が、大神殿に頻繁に訪れ、そうとうな時間、語り合っていることも、…それゆえ、冴紗もつねになく親しげに話しかけてしまったのだということも、みなわからなくてとうぜんだ。

とにかく、いまは羅剛王の安否を尋ねたいのだが、……と思っている矢先、ようやく王子が口を開いてくれた。

「申し訳ありません、冴紗さま。ご挨拶もまともにできなくて。ひとまず、兵たちは、下げていただけませんか？　これでは、おりいったお話もできませんよ」

にこっと、笑みを浮かべ、隴偖王子は茶目っけのある仕草で肩をすくめたのだ。

いつもと変わらぬその態度を見て、冴紗は内心ほっとした。

「……え？　ええ。それもそうでございますね。それでは……」

一国の王子がいらしたというのに、兵が取り巻いていては、失礼にあたるだろう。

目で合図したのだが、永均は頑《かたく》なに言い切る。

「いや。妃殿下の命でござっても、それがし、我が君より身辺警護の任を託されており申す。この場を離れるわけにはまいりませぬ」

聞きようによっては、隴偖を侮辱するような言葉である。

冴紗は、はらはらして、永均と隴偖を交互に見たのだが、――隴偖王子は、思いもよらぬ反応を示した。

あっははは、と快活な笑い声をたて、あまつさえ手まで叩き出したのだ。

「おお！　これは、素晴らしい！　さすが神国修才邏の誇る騎士団長だ！　あっぱれな忠誠心です。我が国の兵たちにも見習わせなければいけませんね！」

あまりに屈託なく笑うので、永均もあっけにとられた様子であった。

隴偖は両手を挙げ、

「ですが、私は丸腰です。剣など持っておりませんし、それに、…お忘れですか？　私は修才邏王の叔父にあたるのですよ？　可愛い甥《おい》の妃殿下に、失礼なまねはいたしませんよ。どうか、ご信頼を」

芝居がかったさまで、恭しく頭など下げるものだから、さすがの永均も折れた。

「は。しからば、それがし、扉の外で待機いたしますゆえ、冴紗さま、ご用の際は疾《と》くお呼びくだされ」


そこまでは、――いつもどおりであったのだ。

他の者を排した謁見室内。

王子はいつものように、道化じみた大げさな身振り手振りで笑い話をしてくれるであろう、王子の様子から見て、羅剛王になにかあったわけではなかろうと、…冴紗は内心安堵《あんど》して、座に戻りかけた。

が、冴紗の思惑は、見事にはずれてしまった。

人がいなくなったと見るや、隴偖王子は、急にはらはらと涙を流し始めたのである！

冴紗はあわてて隴偖のそばまで戻った。

「……ど、どうかなさいましたかっ!?」

王子は胸の隠しから手巾を取り出すと、女性のように涙を拭った。

「いいえ、……いいえ、……冴紗さまの、あまりのご妍姿《けんし》に……ああ、私の想像など、遠く及びませんでした。王宮内では、女性姿であられるのですね」

言われて、冴紗はおのれの姿に視線を落とした。

たしかに『銀服』は、王妃のみが着用を許されるもの。そして、王妃の衣装であるのだから、裳裾《もすそ》であるのはとうぜんのこと。

……ですが、大神殿での衣装も、裳裾ですのに……。

聖虹使は、男御子ならば女性姿を、女御子ならば男姿を装う。

したがって冴紗は、王宮でも大神殿でも、つねに『女性姿』であるのだ。いまさらなにを、という感が否めない。

だが、隴偖は感動したように、褒めそやすのだ。

「なんと、麗しい……。なんと、……ああ、おのれの語彙《ごい》のすくなさに、腹が立ちます。仮面の下に、これほどご清麗なお姿が隠されていたとは！　…ああ、天界の椒蘭《しょうらん》もかくやの、御身のかぐわしき香り」

眼前で膝をつき、冴紗の手をとり、くんくんと嗅ぐようなそぶりまで見せる。

「ああ、……お手のすべらかさ、清らかさ、……いつも思っておりました。この麗しきお手にくちづけたいと。…ああ、…どれほど、この日を待ち望んできたことか……」

ああ、ああ、と詠嘆しつつ、朧偖は手の甲に幾度も唇を押しつける。

閉口し、冴紗はかるく首を振った。

自分の容姿のことなど、型どおりに褒めてくださらなくてもよいし、挨拶などもかまわぬから、いまは羅剛王のことを早く話してほしかった。

少々乱暴に手を引くと、冴紗は本題に入った。

朧偖王子の明るさで、王になにごともないと思い込んでいたが、とにかく詳しく訊いてみなければならぬだろう。

懸命に平常心を保ち、刺々《とげとげ》しくならぬよう気を配りながら、

「さきほどお答えくださいませんでしたので、いま一度お尋ねいたしますが、——我が君と宰相は、無事に貴国へ辿り着いたのですか？」

「ええ。ご無事に到着なさいました」

朧偖は、跪いたまま、夢見るような視線で冴紗を仰ぎ、

「ならば、なにゆえ、朧偖さまがこちらにいらしたのですか」

なぜだか朧偖は口ごもり、しどろもどろの答えをよこす。

「そ、それは、……じつは私、大神殿から出立するのが遅れまして、…ちょうどそこへ、

母からの伝書鳥が届きまして……」

どきりとした。

案じていたことが、起きてしまったのやもしれぬ。

「ま、まさか、わたしが参りませんことで、女王さまがお怒りに…？　いえ、そのことは、まことに申し訳なく存じますが、…どうか、お許しくださいませ。それとも、王が予定より早く到着したことで、なにか差し障りでも出たのでございますかっ？」

「いえ、いいえ！　頭などお下げにならないで。気高き聖虹使さまにそのようなことをさせてしまったなどと、信者たちに知られたら、私がいじめられてしまいます」

なにか……おかしい。

自分が仮面をつけていないためか、それともあたりに人がいないせいか。

大神殿での謁見の際は、おなじ室内に七名ほどの神官が控えているのだ。さらには、水石ごしに幾人かが謁見者の動向を見張ってくれている。ゆえに、恐ろしさなど微塵も感じずにお勤めができるのだが、……今日は、なぜだか、肌に泡立つ感がある。

それがいったいなんなのか、自分でもわからぬまま、冴紗は言葉をつづけた。

「ですが、お約束はお約束でございます。もし、わたしが行かないことで、このたびのお話に支障が出ているのでしたら、こちらも新たな対処をいたします。いまからでも、羅剛さまに伝書竜を飛ばしましょう」

そう言い、扉のほうへ視線を向けたとたん、隴偖はぎゅっと手を握ってきたのだ。

「そ、それは……お待ちください！　まだ、あなたとこうしてお話をしていたいのです！　ようやく邪魔者のいない場所で、ふたりきりになれましたのに！」

当惑ぎみに、冴紗は溜め息をついた。

長く語り合いたいと泣きつかれることは、日常茶飯事ではあるが、ここは大神殿ではない。自分も『聖虹使』ではなく、いまは『侈才邏国王妃』である。

他国の王子に、最低限の礼儀は必要だろうが、それ以上は無理だ。

振るように、隴偖の手を払い、

「申し訳ありませんが、我が君のお話以外はいたしかねまする。ほかにお話がないのでしたら、重臣たちと、これからでも貴国へ参るべきか、相談しとうございますゆえ、これにて失礼いたします」

身を翻《ひるがえ》し、扉に向かいかけた。

自分でも驚くほど邪険な行動であるが、…なにやらほんとうに薄気味が悪くなってきたのだ。明るく爽《さわ》やかな方だとばかり思っていたので、いまの隴偖の態度に、よけい違和感が湧くのかもしれぬ。

背後から急に、ぐいっと、腕を摑まれた。

振り向くと、隴偖が間近にいた。

「あなたは、私の妃となられるはずだったのですよ」

強引に触れられたことに怒るよりさき、言われた言葉に驚いてしまった。

「……は……？」

聞きまちがえかと思い、尋ね返した。

「あの、……いま、なんとおっしゃいました？」

王子は、真摯なまなざしで、言う。

「ご存じありませんでしたか？　あなたが修才邏に降り立たれたときから、決められていたことだそうです。つねに母からそう言われてきたんですよ」

意味がまったく呑み込めぬ。

……修才邏に降り立ったとき、というと……わたしは男御子ということになっていたはずでは……？

巷の噂では、自分は、崢嶮《そうけん》の『美優良《みゆら》王女』として生まれ、世の始まりの国修才邏の危機に際し、身を男に変え、『冴紗』として再度降臨した、と——そういうことになっているはずだ。

それに、いまの話は、おかしい。

隴偖王子は、羅剛王より年長である。ならば、当時はすでに十代後半。一般的に王族は、十歳ごろまでには伴侶を娶《めと》っているはず。

「もしや御身は……いまも、独身であられるのですか…?」

問いを遮り、隴偖は顔を近づけてくる。

「冴紗さま。なぜ修才邏王のお妃になどなられてしまわれたのです? 真の夫である私が、おりますのに」

隴偖は、冴紗を抱きすくめようとする。

すんでのところで、その胸を押し返した。

「……な、なにをなさいますっ。……お戯《たわむ》れを……」

不快感で身震いしそうだ。

やはり永均に同席してもらうべきであった。

まさか王子がこのような振る舞いに及ぶとは、想像もしていなかった。

「戯れなどではありません。本心です」

その瞳には、いつもの明るい色はない。

「この清らかなお姿が、下賤《げせん》な『黒の王』などに穢《けが》されているかと思うと、私は憤りと妬ましさで気が狂いそうです。あなたは、私にこそふさわしい。修才邏の前王、皚慈《がいじ》の犯した罪の報いで、その子羅剛の花嫁は、私が攫《さら》ってもよいと、母は昔からそう言っていましたからね」

おぞましいことに隴偖は、唇さえ寄せてくるではないか!

瞬時に怒りが湧いた。どんっ、と手荒く胸を突き返し、

「下賤な黒の王などと、…我が君を侮辱なさらないでくださいませ！　いったいなにをなさっているのです！　わたしは夫のある身でございます！　それにここは大神殿ではございませぬ！　気安くお手を触れないでくださいませ！」

それでも、隴偖はひるむそぶりも見せず、

「ああ、…お心まで清らかなのですね。無理やり嫁がされた夫にまでご誠意を尽くされるとは、……ですが、もう安心です。私がこうしてお助けに参りましたから」

力ずくで抱きすくめてくる。もがいても、腕の力は弱まらぬ。

一瞬、唇が頬に触れた。

ついに耐えきれなくなり、冴紗は真実を口走っていた。

「お、おやめくださいませ！　わたしは、ただいま、『男』の姿でございます！」

即座に言い切られてしまった。

「かまいませんよ」

「……え……!?」

「修才邏王も、男性姿の冴紗さまを愛していらっしゃるのでしょう？　あなたの美しさなら、性別など問題にはなりません。…いえ、男性であるならば、なおさら、その神々しきまでのご麗姿が……」

言いさし、舐めるような視線で、冴紗の身体を見つめる。

あきらかに、性的なものを含んだ目つきである。

ぞっとした。怖気を振るいつつ、萋葩《さいは》王のことを思い出してしまった。

あの、ぬめぬめとからみつくような視線。狂ったような言葉の数々……。

まさか、隴偖王子までもが、似たような行動をとるとは思わなかった。

……お優しく、快活なお方だと思っておりましたのに！

なにゆえ、このような男を『立派』だ、『素晴らしい』などと褒めちぎっていたのか。

おぞましさと怒りで、目が眩む。

羅剛王のお言葉が、ようやくすこしわかりかけてきた。

……もしかして、ほんとうに、わたしの虹髪虹瞳は、他国の方にとって、価値のあるものなのですか……？

冴紗とて、巷間《こうかん》の語り伝えくらいは耳にしていた。

『虹色を有する者が王、王妃となれば、天帝虹霓神《こうげいしん》の限りない恩寵《おんちょう》を頂戴できる』

いまだかつて例外など一度もなく、その言い伝えは真実となったらしい。

その代、国は栄え、人心は安らぎ、他国との諍《いさか》いもなく、まさしく虹霓神の祝福を受けたとしか言いようのない、素晴らしき繁栄を享受《きょうじゅ》できたという。

身ぶるいしそうであった。

自分にそのような力があるとは、とうてい思えぬ。自分は神の子でもない、ただの人だ。それも貧しい地方衛士と針子のあいだに生まれた平民である。

……よしんば、この虹髪虹瞳に、なんらかの力があったとしても、……けれど、わたし自身の想いは、どうなるのです⁉

羅剛さまをお慕いし、数々の苦難の末、ようやく妃にさせていただけたというのに、なにゆえ他の人間から求められねばならぬのだ。

冴紗の憤りなどまったく意に介さぬのか、隴偖は夢見るような瞳で、告げる。

「ああ、…もっと早く、お迎えに参ればよかったんですね。そうすれば、あなたを穢さずにすんだのに。でも、穢れは私が清めて差し上げますから。ご心配なく」

瞋恚《しんい》の炎が身の内で燃え上がる。

冴紗は吐き捨てるかのごとき冷淡な物言いで、言った。

「駁《ばく》するようで、たいへん申し訳なく存じますが、この身と心はすでに我が君のもの。他の方のお心など、一片たりとも、お受けするわけにはまいりませぬ。たとえいま、我が君が身罷《みまか》られましても、父の教えに従い、わたしは生涯独り身を通しまする。わたしは、虹霓教の神官、それも、世の人々の規範となるべき『聖虹使』でございます。――どうぞ、疾《と》く、お帰りくださいませ」

「冴紗さま……」

「お帰りくださらぬのなら、わたしが、我が君を、貴国へ迎えに参ります」

怒りのまま口走り、身が震えているのに気づいた。

王子が、他国の王宮へ乗り込んできて、このような無礼千万な振舞いをするならば、女蛟と渾名される母君は、羅剛王になにをしているかわからぬではないか。

やはり、胸騒ぎは杞憂《きゆう》ではなかったのだ。きっと、たいへんなことが起きている。

いとしき我が君は、まちがいなく危険に晒されている……。

……羅剛さま。お叱りなら、あとでいくらでも受けまする。お迎えに行かせてくださいませ。

冷たく、冴紗は言い捨てた。

「隴偖さま。いまのお言葉は、わたしひとりの胸の内にしまっておきます。どうぞ、二度とそのようなことは口になさいませぬよう。…こちらにご滞在なさりたければ、どうぞそのまま滞在なさってくださいませ。いちおうは、泓絢国の王子でいらっしゃるわけですから、友好国として、最低限のおもてなしはいたしましょう。そう、臣にも伝えておきます。わたしは、行幸の支度を整えてまいりますゆえ」

踵《きびす》を返す。

……穢らわしい。

冴紗は生まれて初めて、人を厭わしく思った。

萋葩王にも迫られはしたが、直接触れられてはいない。駆駝車《じゅだ》のなかで足蹴《あしげ》にされ、湯殿で裸体も見られたが、あの気持ちの悪い手は、自分の肌には触れていない。

なのに、隴偖には気を許しすぎた。素肌に触れられ、頬にくちづけまでされてしまうとは！

我知らず頬を手でこすっていた。

穢れを落としたかった。

背後で隴偖が見ているのもわかっていたが、なればなおさら、ごしごしと、あてつけのように拭ってしまいたかった。

『ほんに、おまえは、はねっかえりよのう』

羅剛王の、笑いまじりのお言葉を思い出す。

冴紗は心中で応える。

……ええ。ええ、おっしゃるとおり、冴紗は『はねっかえり』でございます！

御身以外に触れられるのは、耐えられませぬ！　たとえ相手と剣で刺しちがえても、もう二度とこのような失態は犯しませぬ！

Ⅶ　邪悪な企み

「これより、泓絢《おうけん》へ羅剛《らごう》さまをお迎えに参ります。申し訳ありませぬが、みなさま、至急行幸の仕度をお願いいいたします」

冴紗《さしゃ》の言葉を受け、王宮内は騒然となった。

「行幸へ赴かれるとは、…王のご意思でございますかっ⁉」

「あの王子が、なにか言ってこられたわけですか？　羅剛王よりの言伝《ことづて》などがあったのですかっ？」

「大神殿の神官たちは、どうなさいます？　飛竜で迎えに参りますか？」

不思議なことに、冴紗は落ち着いていた。

いや、胸の奥に燃え上がる怒りが、かえって心を鎮める作用を果たしているようであった。

つねは、王に頼り、王のお言葉だけにすがっているような冴紗ではあったが、いまはだれの助言も請《こ》わずに、自分の意思だけで動いていた。

「大神殿には、連絡だけを入れてくださいい。お迎えに行っては、ときがかかってしまいます。わたしがすべて責任を負います。騎士団の方だけ、警護をお願いいたします。すぐにでも、飛び立ちます」

永均《えいきん》たちは、羅剛王より行幸の仔細を聞いているはず。ならば任せてよい。

急ぎ、花の宮へと戻ると、冴紗は人台に着せつけられていた『行幸支度』を身につけた。

身に吸いつくかのごとき、着心地のよい、すべらかな虹織物。虹糸刺繍の絲帯、きらきらと光を弾く装飾品。

どれも、羅剛さまのお考えになられたもの。

そう思うと、離れていても王に守られているという実感が湧く。

最後に仮面をつけ、花の宮の女官たちに見送られ、冴紗は本宮へと向かった。

永均はじめ騎士団の者たちは、すでに支度を終えて待っていた。

「それでは、よろしくお願いいたします、永均さま、みなさま」

「はっ！　畏《かしこ》まり申した」

「かたちだけは、行幸として参ります。ですが、万が一のことを考え、剣はしっかりとお持ちくださいませ」

「はっ！」

そのときである。

「お、お待ちください、冴紗さま！」

すがりつくような、哀れな声。

振り返らずとも、声の主などわかっている。隴偖《りょうせい》王子である。

「泓絢へ……行かれるのですか…？　わ、私は、どうしたら……」

そちらを見ることすらせず、冷淡に言い捨てた。

「幾度も言わせないでくださいませ。お好きになさればよろしいでしょう。お帰りになられても、そのままご滞在でも、こちらはかまいませぬゆえ」

礼儀知らずな態度なのは重々承知しているが、神国侈才邏《いざいら》の尊き羅剛王を侮辱されて、礼儀もなにも、ない。

それも王子は、夫のある身の自分に、その夫のいぬ間の城で、恥知らずにも不貞を迫ったのだ。まったくもって許しがたき行為である。これくらいの態度を取るくらいでは、怒りは微塵《みじん》も治まらぬ。

冴紗のつねならぬありさまに、謁見の間でなにがあったか、永均も察したらしい。

「お言葉でござるが、…妃殿下。王、宰相、さらには御身までもがご不在になられる折、王宮に他国の王子がお泊まりになられては、いささか不都合がござろう。そちらの方がよろしければ、騎士団の者が飛竜にてお国に送り届けまするぞ」

冴紗も、うなずいた。

「そうですね。それがいちばん良いと思います。この方が修才邏王宮にいらしては、あまり良いことはないでしょう」

ひとりあわてたのは隴偖王子だ。

「も、申し訳ありませんっ。私は、まだ帰るわけにはいきません！」

「なにゆえでございますか」

「それは……」

「隴偖さまは、わたしに会いにいらしたのではないのですか。そのわたしが、貴国へ参るというのです。ともに帰るのがよろしいと思いますが？」

話せば話すほど、言葉に棘が混ざってしまうが、しかたない。

「それに、あなたさまのご様子から鑑みて、我が君が貴国でまともな応対をされていないのではと、わたしは懸念いたしております」

必死の形相で、王子は食い下がる。

「いいえ！　修才邏王は、丁重にもてなされております！　…そ、そのはずで……ございます」

「あなたのお言葉など、信じられません。この目でじかにたしかめねば」

さすがに王のお命にかかわる話ではないと思うが、この男の祖国に羅剛王がご滞在である、というだけで不快なのだ。勝手な行動を怒られるとは思うが、それでもかまわぬ。この男にされたことを伝えれば、きっと王もお赦しくださるはず。

取りつく島もない冴紗の態度を受け、隴偖はついに半泣きで哀願を始めた。

「それでは、……せめて、国からの土産物だけでも受け取っていただけませんかっ？　母からの書状に、書かれていたのです。貴重なものなので、くれぐれも、冴紗さまとふたりきりになったときに、お渡ししなさいと。それ以外の場では、けっして出してはいけませんと。――お願いします！　土産だけは受け取っていただけませんか？　お願いしますっ！　お願いしますっ！」

背を丸め、手を合わせ、ぺこぺこと幾度も頭を下げる。

身分のある者の動作には、とうてい見えぬ。

冴紗は、侮蔑を表そうと、わざと嘆息をしてやった。

……ほんに、……我ながら悔しい思いです。このような下種《げす》な人間を、羅剛さまに目元が似ているなどと、一瞬でも思った自分が情けない……。

いつまでも「お願いします！」と繰り返す隴偖に辟易《へきえき》とし、冴紗は横柄《おうへい》に応えた。

「――わかりました。受け取るだけは、いたしましょう。いちおうは、我が君の叔父上であられるのですから」

従者に運ばせず、懐に入れて持ち歩けるほどの物ならば、宝石かなにかであろう。

冴紗は、さきに立って歩み、もっとも手近な扉を開けた。

来訪者の控えの間らしい小部屋であった。

場所などどこでもよかったのだ。早く済ませて、王をお迎えに参りたいのだから。

「それでは、――朧偕さま、こちらへいらしてください。ふたりきりにならなければいけないのでしたら、…さあ、どうぞ」

渡したいのなら、さっさと来てさっさと渡せとばかりに、無愛想な口調で言い、振り返った。

ふたりきりといっても、扉一枚を隔てた廊下には、永均はじめ騎士団員がいる。この気弱な男には、もう自分に迫るほどの覇気など残されてはおるまい。

扉を閉め、睥睨《へいげい》してやると、朧偕は、潤んだ瞳で見つめている。

いらいらと冴紗は急かした。

「どうぞ、お早くなさってくださいませ。こちらは急いでおりまする」

またもや脳裡で、羅剛王の笑っているようなお声が聞こえた。

『なんだ、そのつっけんどんな物言いは？　おまえ、普段はおとなしいくせに、ほんに、俺のこととなると、一気に頭に血が昇るのう。いちおう、その男はおまえの信者であろうに？　忠義心は愛でるが、ほどほどにしておけ』

心中で反論する。

……いいえ！　忠義心でしていることではございませぬ。御身を愛しているから、でございます！

時間が許せば、湯で身を清めてからお迎えに行きたいくらいである。それほど、この下種な男に触れられたことが、悔しいのだ。

冴紗はそうとう露骨に睨んでいたのだろう。朧侑は、しぶしぶ懐に手を差し入れ、ちいさな包みを取り出した。

「……あの……これを……母が伝書鳥に乗せてきたのですが……」

なかに手紙でも入っていたらしい。視線を落とし、読み始めた朧侑は、——しかし、なぜだか顔色を変えたのである。

「どうかなさったのですか？　なにが書かれていたのです？」

視線を上げた朧侑は、あわてた様子で、手紙を懐に隠した。

いくぶん頬を紅潮させているようにも見えた。

「…………あの……それ、が……」

「お渡しいただけぬのなら、こちらはべつにほしいものではございませんが？」

いっときでも、もうこの男のそばにはいたくない。態度からも言葉からも、冴紗の不快感が溢れ出ていたのだろう。

朧侑はあたふたと口を切った。

「さ、冴紗さまは、これから、長旅をなさるのですから……」

まるで与えられた科白《せりふ》を棒読みで言うようにそこまで言うと、なにやら差し出してきた。

「どうぞ、これを」

「それはなんですか?」

「わ、……我が国の、滋養のあるお薬です」

冴紗は首を振った。高価な薬なのかもしれぬが、どうでもよい。

「いいえ。ありがたく存じますが、わたしにはとくに必要はありません。それに、長旅とおっしゃいますが、…失礼ですが、侈才邏の誇る『飛竜』で参れば、御国にはすぐに到着いたしますゆえ。他国の方の感覚とは、ちがいまする」

あからさまな嫌味であった。

にもかかわらず、隴偖はなおも喰い下がってくる。

「いいえ! それでは、…この隴偖が、母に叱られてしまいます! 母がわざわざ送ってよこしたんですから、…お願いします! 飲んでください! お願いします!」

冴紗は思わず眉を顰めていた。

自分でそれに気づき、かろうじて表情を正した。

王子は泣き出さんばかりの哀願である。

「とてもよく効くんです! 苦くはありません! ほんとうです! かえって甘いくらいです! …いいえ、私は飲んだことはないんですが……ぜったい、そうです! 信じてください、冴紗さま！　飲んでいただけなければ、私は国に戻れません！」

本気で嘆息してしまった。

しかたない。これほど言われては、拒むわけにはいかぬだろう。

不承不承、手を伸ばし、受け取った。

「わかりました。飲めばよろしいのですね？　飲めば、出立してもかまいませんね？」

紙包みを開けると、黄色い粉薬が入っていた。

隴偖は、早急に服薬を迫る。

「……あ、さあ、一気に、お飲みください！　さあ、さあ！」

執拗に勧められ、嫌気がさした冴紗は、ほんとうに一気に粉薬を口に含んだ。

たしかに、粉であるにもかかわらず、口のなかではとろりと甘く溶け、喉にからみつくこともなく、飲み込めた。

すっかり嚥下《えんげ》し、では参りましょう、と、口を開きかけた矢先…………。


ぞくり、と。

身の内で、なにかが蠢《うごめ》いた。

……え……？

それは、——唐突であった。

隴偖は、にやりと笑ったのである。

「お飲みになられましたね、冴紗さま」

厭な物言いであった。

「すぐに効いてくるはずです」

ついさきほどまで、母が母が、と半泣きであった隴偖王子が、表情を一変させ、にやにやと笑いつつ、歩み寄ってくる。

反射的に、冴紗は、あとずさっていた。

胃の腑《ふ》から、奇妙な熱さがこみあげてくる。

「……いったい……なにを…………いまのは、いったい……」

狼狽を見せてはいけない。

外には、永均たち数十名がいる。ここは修才邏王宮だ。敵国ではない。おかしな薬を飲まされたことだけはわかっても、毒薬ではないはず。毒など飲ませたら、隴偖も即座に命がなくなるからだ。

しかし、……歯を剝き出しにして笑う隴偖の姿が、恐ろしい。

このあいだまでは、あれほど爽やかで無邪気に見えた笑みが、いまは邪悪なものにしか見えぬのだ。

「いまここに、あなたの夫はいない。あなたを救えるのは、私だけです」

「……救う……？　なにゆえ、わたしがあなたに救っていただかなければいけないのですっ！」

「聖なるお方は、このような薬はご存じないのですね。…やはり、母は正しかった。あなたは、なんの疑いもいだかず、飲んでしまわれた」

ふいに、手が伸ばされた。すんでのところで身をかわし、叫んだ。

「触れないでくださいませっ！」

無礼者！　と、もうすこしのところで口にしてしまうところであった。

そうしているうちにも、じわじわと身の内から妙な感覚が押し寄せてくるのだ。

脳に、手に足に、…広がっていく。おぞましい熱さが。震えが。

「頬が赤らんできましたね。愛らしいですね、冴紗さま」

きっ、と睨みつけてやった。

羅剛さまがおっしゃるのならば、嬉しく幸せな言葉であるが、他者から言われる筋合いはない。

隴偖は肩をすくめた。

「大神殿の、あの、輝くばかりに美しく神々しいあなたも素敵ですが、……いまのあなたは、ほんとうに可愛らしい。震えてるんですね。儚《はかな》げな小鳥のようだ。風に揺れる一輪の花のようだ。…もうすぐ、です。あなたは、もうすぐ、真実の夫の腕にいだかれることになるんですよ」

ふとももに爪を立て、冴紗は懸命に言い返した。

「わたしにとって、『夫』とは、『羅剛さま』おひとりでございます！」

「いやいや。いくら神の御子といえども、その疼きには勝てないでしょう？　ましてや、あの修才邏王に、日夜可愛がられているお身ですから」

血が沸騰し、逆流でもしているようであった。

……疼き……？

そうだ。この感覚は、そう呼ぶのがふさわしい。

隴偖は調子にのって、茶化すかのような物言いをする。

「さあ、どうします？　ここには、私しかいませんよ？　あの、忠義心厚い騎士団長らに、あなたのいまのさまを見せたいんですか？　修才邏の誇る聖なる虹の御子が、身体の疼きに負けて泣き叫ぶさまを、家臣たちに見せたくはないでしょう？」

股慄《こりつ》を禁じえぬ。

隴偖は、顔を近づけ、ぎらぎらとした目つきで、おぞましい誘い文句を吐く。

「すぐに楽にして差し上げますよ。ここには、…ああ、寝台がないようだから、そこの長椅子でも、かまいませんよね？」

「……なに、を……」

「いまだけです。あの憎らしい黒の王に操を捧げていても、…私に抱かれれば、すぐにわかりますよ。だれがほんとうの夫か。だれがいちばんあなたを愛しているか。…これからは、私が、毎夜たっぷり愛して差し上げます。……ああ、ほんとうに、私の母は偉大です。修才邏王のみが到着ということで、いっとき怒りはしたそうですが、即座にこのような名案を思いつくのですからね。…泓絢では、私が花嫁を連れて帰るのを待っているそうですよ。近隣諸国の王侯貴族を招いて、婚儀の準備も整え始めているそうです」

夢見心地のような、とろんとした目つきでそのようなことを言われても、意味などまったく理解できぬ。

ふいに。

がくんっ、と膝が落ちた。

かろうじて床に片膝ついただけでこらえたが、その位置では、王子の股間が厭でも目に飛び込んできてしまう。

王子は、激しく興奮していた。そこまできて、ようやく冴紗にも意味が呑み込めた。

……わたしを……凌辱《りょうじょく》しようとしているのですか…っ⁉　この、修才邏王宮で？　扉一枚隔てた廊下には、永均さま方が控えていらっしゃるのに……！

どこまで恥知らずな男なのだ。そのようなことが、ほんとうに許されると思っているのか、この王子は…っ？

悪寒と寒気。

なのに熱感が全身を支配しようとしている。

……膝が……立たない……！

力が入らぬのだ。それでも、冴紗は震える足を踏みしめ、懸命に立ち上がった。

渾身《こんしん》の力で、きっ、と睨み、拒絶の意を示す。

「退《の》かれませ」

彼を甘く見過ぎていた。まさかこのような場所で、ここまで卑劣な行為に出るとは思わなかった。

冴紗の気迫に、隴偖もわずかにひるんだようだ。

その隙に、睨みつつ、脚を動かそうとした。

扉まで、行けば。

あの扉の外には、味方がいるのに。すぐさまこの慮外者《りょがいもの》を縛《ばく》してくれるはずなのに。

だが、脚は一歩も前に出てはくれぬ。

声にならぬ声を振り絞り、冴紗は、呼んだ。

「…………え……い、きん…………さ…………ま………っ！」

すぐさま扉が開く。

やはり、扉のそばで、なかの様子を窺っていてくれたのだ、永均は。

「冴紗さま？　いま、お呼びになられましたか？」

ああ、……この方は安心だ。

長年、羅剛王に仕えてきた。自分も長くときをともにしてきた。王がもっとも信頼を寄せる人物だ。

救いを求めるように、手を伸ばしていた。

他の男性に触れてしまったら、王はお怒りになるだろうが、永均さまだけはお赦しくださるはず。羅剛王にとっても冴紗にとっても、永均は、『父』に近い存在だ。

ふらつく足を踏み締め、一歩、二歩と進むと、冴紗の異常に気づいたらしい。あわてた様子で駆け寄り、その厚い胸に抱き支えてくれた。

永均は気色ばみ、声を荒らげた。

「このご様子は………冴紗さまに、なにをなされたっ、王子っ!?」

永均の胸にすがり、冴紗は説明した。

「なにか……飲まされました。泓絢の、…滋養の、薬だと、言われて……わたしも、断り切れず……」

いまだ握り締めたままであった薬の包みを差し出す。

冴紗の手から包み紙を受け取った永均は、鼻を近づけ、匂いを嗅ぎ、顔色を変えた。

「これは……もしや、泓絢の『鳥啼薬』とやらいうものでは……っ⁉」

冴紗も尋ね返したが、呂律《ろれつ》の回らぬ物言いとなってしまった。

「…………ちょう、……てい、や、く……？」

いつぞや、閨《ねや》で羅剛さまがおっしゃっていた。

その先は、尋ねずとも、身体で、察せられた。

……わたしは……媚薬を、…それと知らず、飲まされてしまったのですか……⁉

いけない！　狼狽の色を見せては！

自分を律しようとしても、ざわざわと、身の内から、なにかがこみ上げてくる。

永均は怒声を張り上げた。

「一国の王子といえども、許されぬ蛮行でござるぞっ！　聖なる神の御子に、媚薬をお飲ませいたすとは……っ！」

強面《こわもて》の永均に怒鳴られ、隴偖は気弱な言い訳を吐く。

「……母が……母が、…送ってよこしたのです。私のせいではないのです。…私は、母の言うとおりにしただけなのですっ」

態度の豹変ぶりに、驚き、呆れた。人のいぬ場では、欲望を剝き出しにして冴紗に迫ったというのに、いかつい武人の前では、怯えて諂《へつら》う。つくづく見下げ果てた男である。

永均は冴紗を抱き支えたまま、さらに声を荒らげた。

「ふざけた言い訳など吐いている暇があったら、中和薬《ちゅうわやく》を出しませいっ！」

朧侑はおろおろと答える。

「ちゅ、中和薬というのは、……ですから、いま、私が……」

ぎりりっ、と歯を噛み締めたような音が聞こえた。永均が歯軋《はぎし》りしたのだろう。

「噂どおりの話でござったら、それ以上は、けしてお口に上らせぬよう。妃殿下のお耳が穢れ申す」

そして、即座に扉外に向かって命じる。

「衛兵ども！　ただちに入室し、この狼藉者《ろうぜきもの》をひっ立てていっ！　つべこべ申すようなら、縄をかけてもかまわぬっ！　咎人《とがびと》として、泓絢に送りつけるのだ！」

朧侑が捕縛されているあいだも、身体の熱感は増していた。

もうまちがいない。自分が飲んでしまったのは、媚薬だ。

永均は顔面蒼白となっていた。

「申し訳ございませぬっ。それがしがついておりながら……」

冴紗は懸命に首を振った。

「いいえ、いいえ。わたしが悪いのです。たしかめもしないで、差し出された薬を飲んでしまいました。あのような男に、騙《だま》されて……」

「冴紗さま……」

苦渋を滲ませ、永均は唇を噛む。

精一杯の虚勢で、冴紗は言った。

「わたしは……大丈夫です。早く羅剛さまのもとへ、参りましょう。このような狼藉を働く者が、王子なのです。泓絢で、我が君にもしものことがあったらたいへんです」

「しかし、冴紗さまのお身体が…………」

そのとたん、冴紗はあわてて口を押さえることとなった。

「…………くっ」

ふいに、大きな波に襲われたのだ。

疼きは、波状的に強弱を繰り返すようだ。しかも、確実に強くなっている。

愕然とした思いで、冴紗は永均を見つめた。

……羅剛さまがおっしゃったように、ほんとうに『男性の精』でしか、この薬は中和できぬとしたら……。

それは真実であろう。隴偖王子が、恥知らずにもこの場で交接を迫ったほどだ。普通ならば、薬を使ってすぐに陥落してしまうのだろう。

『飲むと、身体が火照り、男を欲しがって悶え狂うそうだ。それこそ、罠にかかった鳥のごとく、ばたばたと暴れ、身も世もあらぬあさましさで啼き叫ぶらしいぞ』

王が冗談まじりで語ってくださったお話が、脳裡で幾度も繰り返される。

『疼きとも痒みともつかぬ猛烈な欲望で、耐えられぬ苦痛であると聞くぞ。男の放つ精でしか、その疼きは治められぬそうでな。一刻も精を与えずにおくと、ほとんどの者が狂ってしまうらしい』

血の気が引く思いであった。

自分の身にも、その恐ろしい事態が、起きつつあった。

けれど、唯一の救い主である羅剛王は、はるか泓絢の地におられるのだ。いまここには、いらっしゃらぬ。

事件というのは、かように唐突に起こるものなのか。

隴偖王子が訪れて、まだ、さしてときは経っておらぬはず。

であるにもかかわらず、狼狽し、ろくに考えもせず、あたふたと流されて、……最悪の事態を引き寄せてしまった。

後悔をしても遅いが、できるなら数刻前の自分に忠告したい。

人を信じすぎて、軽率な行動には出ぬように。怒りで我を忘れてしまわぬように、と。

秘所から、ぞわぞわとおぞましい感覚が広がる。

まるで数百匹の蟲《むし》が内部で蠢いているような、信じがたい痒みだ。

永均が、強張った表情で、なにかつぶやいた。

「………お赦しを、冴紗さま」

「……え……？」

そして、次の瞬間。

「ご無礼つかまつるっ！」

言葉とともに、冴紗の鳩尾《みぞおち》を拳で強く打ったのである！

「うっ」

ひどい苦痛であるはずだが、――それはある意味、救いでもあった。

冴紗の意識は、一瞬で闇へと、落ちていた…………………………。

Ⅷ　苦しみのまま泓絢へ

頬を打つ風で、意識が戻った。

「……らごう……さま……？」

冴紗《さしゃ》を抱き締めてくださる方は、『羅剛《らごう》王』のはずであるが、呼びかけたあと、ちがうことに気づく。

「…………………え、いきん、さ……ま……？」

返ってきたのは、一拍置いて、苦渋の滲む声。

「……お気づきに……なられてしまったのですな」

ここは……飛竜の、上……？

なにゆえ、このようなところに……？

頬を切るほどに風があたる。外套の羽ばたく音も激しい。そうとうな速さで飛行しているらしい。

「永均《えいきん》さま、……わ、たしは……」

言いかけたとたん、かぁっと、全身が燃えあがった。

瞬時に思い出せた。朧偆《りょうせい》王子が訪れてからの、慌ただしい、ほんとうに馬鹿馬鹿しいほどの、ことの成り行きを。自分の浅慮が招いた失態を。

悲鳴を上げてしまいそうになり、冴紗は必死で唇を噛み締めた。

……身体が……っ！

粘膜の場所、目、口、それになにより、恥ずべき場所が、のたうちまわりたくなるほど、痒いのだ。

人がいなければ、あさましくみずからで蕾に指を差し入れて擦っていたかもしれぬ。だが、それでは治まらぬのも、わかっていた。

「いましばらくのご辛抱でござる、冴紗さま！　お苦しいようでしたら、それがしの腕なり指なり、お噛みくだされ。わずかなりともお気が紛れましょうぞ！」

「あ、れから……どれほど、ときが経ちました……？」

舌がもつれる。動かすだけで、やっとだ。

「五刻ほどでござる。ご安心めされい。泓絢《おうけん》までは、あと少々でござるゆえ…」

永均は飛竜の背を叩き、声を張り上げた。

「――『紅舜《こうしゅん》』、急げ！　翼が燃えても、妃殿下を王のもとへと送り届けるのだ！」

……紅舜……。

乗っている、この飛竜の名か。

人は、『おもて名』のほかに『真名《まな》』を持つが、親兄弟や配偶者以外には、生涯秘すならわし。

飛竜の名も、組んだ竜騎士だけが呼ぶことを許され、一般的にはけして口にせぬものなのだ。

なのに、…普段はなにがあっても動じぬ、冷静沈着な永均が、急かすために思わず飛竜の真名を口走ってしまったほどだ。自分の盛られた薬は、ひじょうにたちの悪いものなのだろう。

飛竜は、けーん、と高く鳴き、それこそ翼も燃えよとばかりに速度を上げる。

他の羽音はいっさい聞こえぬ。永均騎士団長の飛竜は、王、王妃の竜に次ぐほど、高速飛行のできる竜。一刻を争う事態ゆえ、他の飛竜は引き離し、ただ一頭での飛行をつづけてきたようだ。

……羅剛さま……。

抑えようとしても、痙攣《けいれん》を起こしたように全身が小刻みに震える。

このような薬にはけして負けまい、なにがあっても弱音は吐くまいと、軋むほど奥歯を噛み締め、それでも身を炙る淫火に、絶望感が増してくる。

淫薬の効き目が、強すぎる。

はたして、王のもとまで、この身とこの心はもつのか。

冴紗は、心中でいとしいお方に助けを求めた。

……羅剛さま……っ！

羅剛さま、羅剛さま、お助けくださいませ！　冴紗は、苦しゅうございます……っ。

焦燥の炎に炙られ、せめて痛みであるならば、まだ耐えられるものを、痒み、疼きというのは、耐えがたき苦痛であるのだ。精神を焼き、狂わせる。魘夢《えんむ》のごとき疼きが、脳髄までもを犯していくようだ。

「やはり、いま一度、お気を失っていただくほうが…」

永均のつぶやきに、冴紗は懸命に口を開いた。

「いえ、いいえ。耐えてみせますっ。羅剛さまがご不在のおり、失態を犯したのはわたしでございます。これしきのこと……っ！」

虚勢を張っても、身体はすでに限界を越えているのやもしれぬ。高熱も発しているのか、はあはあと、荒い息をつきつづけねば、呼吸さえ苦しい。

「……そ、それにっ、…羅剛さまがご無事か、…わたしは、たしかめねば、なりませぬっ。王に、……せめて、王のご尊顔を拝してから……」

永均も、薬の中和方法は知っているのだろう。

それでも、こうして羅剛王のもとまで送り届けようとしてくれている。

……わたしは、他の方の精をいただくくらいなら、死にます。

きっと、冴紗の想いをだれよりもわかってくれるのは永均のはずだ。

彼の想い人であった『瓏朱姫《ろうしゅひめ》』は、憎んでいた皚慈王《がいじおう》に凌辱され、子を身籠《みごも》った。

冴紗は男であるが、…心はおなじ。いとしきお方以外に身を穢される苦痛は、身体よりも精神を病ませる。もし穢されるのならば、その前に、自死すると、冴紗は固く心に決めていた。


永遠とも思える、気の遠くなるほどの飛行。

つい先日まで、王の庇護《ひご》のもと、安らかに暮らしていた。王の深いお心に包まれて、なんの不自由もなく、幸せに過ごしていた。

それが、……たった一回の愚行で、いま自分は信じられぬほどの危機に陥っている。

腕に爪を立て、掻き毟《むし》り、歯を食い縛り、身を焼く炎に耐えつづけた。

永均は、背後で無言である。

言葉など、もはやかけられる状態ではないのだろう。冴紗は断続的に身を震わせ、息も絶え絶えのありさまだ。

……もう、無理です。もうこらえられませぬっ。あとわずかでも長引くのならば、永均さまに剣をお貸しいただき、胸を突くしかありますまいっ。

冴紗がそこまで追い詰められたときであった。

永均が、突然声を張り上げたのである。

「おおっ！　ご覧くだされ！　泓絢が見えてきましたぞ！　あとしばらくでござるっ」

指差す下方には、紺青の大海原。

波は泡立ち、夕陽の落ちかかる海は、茜《あかね》に煌《きらめ》き、――そして、たしかに、島があった。

大きな島である。繁栄を誇るように、多くの建造物が見えた。

安堵のあまり気が緩みそうになり、冴紗は、ぎゅっと瞼を閉じた。

ほんのわずかでも意識をそらしてしまったら、たぶん負ける。発狂するか、疼きに負けて、あらぬことを口走ってしまうか……。

口のなかに血の味がする。長く噛み締めつづけた唇は、すでに切れているのだろう。

冴紗は、幾度も繰り返した言葉を、思う。

……こらえて、みせましょう。

羅剛さま、天帝さま、どうぞ、お力をお貸しくださいませ。最後までやり通す強き心を、わたしにお与えくださいませ！

須臾《しゅゆ》、気を失っていたのかもしれぬ。

手荒く身を揺さぶられた。

「冴紗さまっ！　着きましたぞ！　泓絢でござるっ！　すぐに、すぐに、王にお渡しいたしますゆえ、…お気をたしかにお持ちくだされっ！」

永均に抱きかかえられ、飛竜を下りたが、そこが地なのか空なのかも、もうわからぬ。脚が萎えてしまったようで、まともに歩けぬのだ。

永均騎士団長は、銅鑼《どら》を打ち鳴らすかのような大声を張り上げる。

「修才邏《いざいら》より、聖虹使《せいこうし》さまのご聖駕《せいが》、着御《ちゃくぎょ》にござる！　我が王へ、お取次ぎ願いたい！」

聞こえてきたのは、あまたの人々の声。

「おおっ！　みなさま、お出ましあれ！　やはり、天からご光臨なされたのは聖虹使さまじゃ！　見まちがえではありませぬぞ！」

「聖虹使さま！　枉顧《おうこ》賜りまして、望外の喜びに存じまする！」

唸る蜂のごときに、冴紗たちを取り囲み、口ぐちに歓喜の声を上げる。

「なんと、神々しき虹の御髪《おぐし》であられることか！　光が舞い降りてきたかと思いましたぞ！」

「どうぞ、仮面を取って、お顔を拝させてくださいませ！　その麗しきご尊顔を！」

意識は混濁していたが、なんとか瞼を開けて見る。

……ここは……泓絢の、城庭……？　永均さまは、城門のなかに飛竜を下ろしたのですか……？

まわりを囲むのは、泓絢国の臣たちか。

騒ぎを聞きつけ、あとからあとから人が押し寄せてくる。

だが、泓絢側の、嬉々とした対応を尻目に、永均はきつく冴紗を抱き締めたまま、怒鳴ったのだ。

「どかれませいっ！　貴殿らが枉顧を仰いだその聖虹使さまが、貴国の王子に薬を盛られたのだ！　お取次ぎいただけぬなら、力尽くでも、通らせていただく。一刻を争うのだ！

…ええいっ、どけとゆうのがわからぬのかっ！」

永均らしからぬ荒れた言葉づかいであるが、それを咎める力さえ、冴紗にはもう残ってはいなかった。

浮かれたありさまであった泓絢側は、それこそ蜂の巣をつつくがごとき大騒ぎとなった。

なんですと？　聖虹使さまに、お薬を……っ？

朧偖さまが？　まさか、そんな！

なれど、聖虹使さまのあのご様子、お加減が悪いのはたしかなようですぞ！

とにかく、女王さまのもとへと、ご案内いたしましょうっ！

人々の声が入り乱れ、朦朧とした意識のなか、かろうじてそのような会話だけが聞き取れた。

自分はまともに歩けているのか。

永均が抱き支えてくれなければ、たぶん床に倒れ伏しているはず。

一歩踏み出すごとに、全身から脂汗が吹き出す。口からは、憐れな悲鳴を上げそうになる。身を捩《よじ》り、泣き叫びたくなるほどの悶絶が襲ってくる。

ほんに、いったいなんなのかと、なにゆえこのような馬鹿げた失態を犯してしまったのかと、冴紗はもう幾度めになるのか、悔しさで歯噛みする。

仮面をつけていることが、唯一の救いであった。

つけていなければ、苦悶の表情をけどられてしまう。

歩を進める。

進めるしかない。

もう駄目かもしれぬのだ。一刻で気が狂うとまで言われる媚薬を使われながら、すでに五刻も経っている。意識が混濁し、感情の抑えもきかぬのは、死が近いせいかもしれぬ。

ならば、命が尽きる前に、せめて一目なりとも、いとしき王にお逢いしたかった。

自分に、言い聞かせる。

……しっかりいたしましょう。わたしは、神国侈才邏の、王妃なのです。

羅剛さまの恥となるような、ぶざまな態度はとれませぬ。卑劣な国の者たちに、あざ嗤われるようなことは、けっしていたしとうございませぬ。

一歩。

足を引き摺り、自分を叱咤《しった》しつつ、また一歩。

地獄の道のりもかくやの、長く、おぞましく、つらい歩きを経て――ようやく、大扉の前まで、辿り着いた。

ぎいーっ、と重々しく開けられる扉。

臣たちがなにやら話しているようであったが、もう冴紗の耳には『声』としては届かなかった。

ただ、針の山を歩むがごとき苦痛の歩を、進めるのみ。

すると。

「おお、おお！　これは……お美しいっ！　まさに神の御子であられるのう！」

出迎えたのは、女性とは思えぬほど低いだみ声。

「聖虹使さま、遠路はるばる、ようういらしてくださった。首が長うなるほど、お待ち申し上げておりましたぞ！　妾《わらわ》が、泓絢の女王じゃ。拝謁《はいえつ》の栄に浴し、無上の歓《よろこ》びに存じまするぞ！」

瞼を押し上げて、見てみる。

一段高い玉座らしき椅子に、大柄な老女が坐していた。煌びやかな衣装のためか、きつい面ざしがさらにきつく見えた。

女蛟《おんなみずち》の渾名もむべなるかなの、まさしく女傑といった風貌である。

……ここは、……謁見の間…のようですね……？　わたしは、泓絢女王のもとまで、連れて来られたのですね。

だいたいの状況だけは理解できたが、意識も、なにもかもが、すべて霞《かす》んで、朧《おぼろ》げだ。目はほとんど開かず、耳もわずかに聞こえるのみ。口にいたっては、もうひとこと発するのも無理であろう。

そこでまたしても、永均が声を張り上げた。

「御身が、泓絢の女王陛下であるかっ⁉　冴紗さまの、このご様子を見て、まだそのように悠長なことを申されるのかっ！　我が修才邏の羅剛王はいずこにおられるっ⁉　一刻も早く、王をお連れくだされっ！」

見えはしないが、雰囲気で察せられた。

女王は、高い玉座から、睥睨しているのであろう。口では拝謁の栄に浴し、などと言いながら、冴紗たちを立たせたまま、まるで下々の者を見るような不遜な態度で。

あきらかに不快と侮蔑を含む声が、応えた。

「……ああ？　そなた、なに奴じゃ⁉　その装束を見るかぎり、修才邏兵であろうが、…修才邏とゆうは、兵に、無礼を詫びることすら教えぬ国なのか？　この場に呼んだのは、聖虹使さまだけじゃ。下賤な兵など呼んではおらぬ。…それに、我が子は、どこじゃ。隴偖が、なにゆえおらぬ」

永均も負けてはいない。

「無礼だとっ⁉　貴国の、その朧偖王子がなにをなされたか、母御であられる御身には、おわかりでござろうっ？」

はっとしたような気配。

そのあと、舌うちとともに、つぶやく声。

「……うつけがっ。しくじりおったかっ⁉」

永均は獣のように低く唸る。抱き支えられている冴紗にまで、永均の身の震えが伝わってきた。

「やはり…………御身が裏で糸を引いていたのでござるな。あの脳味噌の軽そうな男が、あれほど大それたことをするわけがないと思うておったが……」

「な、なんだとっ？　そなた、下等な兵の分際で、我が王子を愚弄《ぐろう》するかっ！」

永均は、女王と刺し違える覚悟のようであった。吐き捨てるかのごとき侮蔑的な口調でつづける。

「貴国の王子ならば、ただいま侈才邏の騎士団の者らが、丁重にお連れしており申す。うしろ手に縄を掛けて、でござるがな」

いけない。このままでは、自分を庇《かば》って永均が咎めを受けてしまう。

ここは敵国と言ってもいい泓絢。さらに永均の、女王に対する態度は、だれが見ても不敬にあたるものであろう。

ようやっと瞼を押し上げ、睫毛の隙間から、玉座を見る。

……あの方が……泓絢の女王……。羅剛さまのおばあさま……。

見れば見るほど、迫力のある面ざしである。えらの張った顔、高く尖り、折れ曲がった鷲鼻《わしばな》、萎《しな》びた薄い唇……冷酷さと気性の激しさが、その顔立ちからも見て取れる。朧偖にはまだわずかでも羅剛王との類似が見られたが、女王は、凛々しい羅剛王と血縁があるとはとうてい思えぬ、恐ろしげな風貌であった。

だが、いま、自分はなにをせねばならぬのか。

わかっている。挨拶だ。遅れて到着したことの詫びだ。そして、羅剛王に逢わせてくださいませと、乞わねばならぬ。

わかってはいても、……唇は震えるばかりで、言葉を発することさえできぬのだ。

いらだちが極まったのか、永均の口調は、凄まじき気迫を帯びてきた。

「女王陛下。いま一度申し上げる。我が王をお呼びくだされ。冴紗さまにもしものことがあった場合、貴国は、我が国のみならず、世のすべての国を敵に回すことになりまするぞ！　このお方は、虹霓教《こうげいきょう》最高神官聖虹使《せいこうし》、さらには、神国侈才邏国の王妃でもあられるのだっ！　たとえ泓絢の女王であっても、平伏するのが筋、――――ええい、なにをぐずぐずしておるのだ！　座を降りて、ひかえおろうっ！」

死さえ覚悟の恫喝《どうかつ》であろう。

むろん、許されるはずもない。矜持《きょうじ》を著しく傷つけられた女王は、無言のまま扇を持ち上げ、兵になにかを命じようとした。

——まさにそのとき。

激しい開扉の音とともに、だれかが駈け込んできたのである。

「母上さま！　お待ちください！」

「……隴倩《りょうせい》っ⁉」


なにもかもが、早すぎる。

ばたばたとした状況の展開に、もう意識が追いつかぬ。

いや、それは自分だけのことかもしれぬ。それだけ、薬が神経を鈍麻させているのやもしれぬ。

背後から、泣き叫ぶような声が聞こえてきた。

「修才邏王をお呼びください、母上っ！　冴紗さまが……冴紗さまが………」

「隴倩！　なにゆえ、首尾ようやらなんだっ！　せっかく母が好機を作ってやったに、…そなたはしくじったのかっ⁉」

「お飲ませはしたのです！　ですが、…拒まれてしまったのです！」

冴紗は懸命に事態を把握しようとした。

……朧俏王子が……遅れて、到着したのですね……。騎士団の方々が、連れて来てくださったのですね……。

ああ、…ならば、女王を説得してくれるはず。あの王子も、冴紗の死までは望んでいないはずだ。そう信じたい。

信じるしか、ない。

もう、…人の善意でしか…………。

身を揺さぶられる。

「冴紗さまっ。お気をたしかに、冴紗さまっ！」

またもや意識が薄れかけていたのだろう。

冴紗たちを差し置いて、母と子の会話はつづいている。

「母上、お叱りはあとで受けますっ。ですが、御子さまは、もう五刻も、鳥啼薬を耐えておられるのです！」

「馬鹿な………あれを使われて、五刻も………」

あとは、絶句する。

が、しかし、女王は、すぐに命じたのである。

「な、なにをしておるっ！　修才邏王を呼べ！　早う、呼ぶのじゃ！　まずは、御子さまをお救いせねばならぬっ！　早うせい、御子さまが死んでしもうたら、目論みもなにもかもが御破算《ごわさん》じゃ！」

「か、畏まりました！　いますぐ！」

駆けて行く家臣の足音。

ほど近い部屋に、王たちは滞在であったらしい。

家臣は、即座に羅剛王を伴い、戻ってきた。


であるのに…………………。


近づいてくる羅剛王と宰相の声は、意外にも笑いを含んだものであったのだ。

「おお、おお。長いこと引き止めおって。ようやく到着したのか？」

「そのようでございますな」

「顔だけ見たら、即刻国に戻るぞ。急に婚礼などと言われても、こちらには関係のない話だからの」

王のお声を耳にしただけで、冴紗の全身が歓喜にふるえた。

……あ、あ……羅剛さま……っ！　ご無事でいらっしゃったのですね……！

王は、このたびの事件をまだご存じない。それでも、かえってそれが嬉しかった。王はお楽しい時間を過ごされていたのだ。あのように笑っておいでなのだから。

よかった。それだけわかっただけでも、来たかいがあった。

こつ、こつ、こつ、と。

廊下を歩む靴音は、確実に近づいてくる。

あとわずか。

わずかで、恋しい羅剛王のお顔を拝することができる。

もう止めようもない全身の痙攣を、永均にしがみつき、死に物狂いでこらえ、冴紗はそのときを待った。

開扉の音とともに、

「女王さま。修才邏王、お連れ申し上げました！」

あんのじょう。

次に聞こえた、いとしきお方の声は、驚愕に満ちたものであった。

「…………さ、冴紗っ⁉　なにゆえ、ここに……っ⁉」

とたん、膝が崩れた。

ついに力尽き、冴紗は床に座り込んでしまった。

つづく宰相の声。その声も、驚きを含んだ詰問口調であった。

「女王陛下！　これはどういうことでございますっ⁉　御国の隴偖王子が花嫁を迎えるということで、我らは待たされていたのではないのですかっ⁉　なにゆえ、我が国の妃殿下が、この場にいらっしゃるのですっ？」

王子が花嫁を……？

まさか、と思ったが、たぶんまちがいない。それは『冴紗』のことだ。

冴紗が王子を拒んだことで、目論みがはずれた。あのまま鳥啼薬に負けて、隴偖王子に身を任せていれば、……たぶん、泓絢側の画策どおりの事態になっていたはず。

修才邏の王妃は、隴偖王子と不貞の情を交わした。ゆえに、泓絢の王子妃として頂戴すると、…羅剛王と宰相を並べ、大勢の近隣諸国の招待客の前で、嘲笑《ちょうしょう》して見せる心づもりであったのだろう。

王が駆け寄って来る。

「冴紗！　その………さまは、どうしたっ？　…永均、なにがあったか言うてみい！　俺のいないあいだ、いったいなにがあったのだっ⁉」

永均は陳謝する。

「……も、申し訳ござらぬっ！　冴紗さまは、鳥啼薬とみられる薬を盛られ申した。その憎むべき犯人は――――」

きっ、と玉座の女王を睨みつけ、斬り捨てるがごとき断罪の言《げん》を放った。

「そこな、泓絢の、隴省王子でござる」

しばし、場内は水を打ったかのごとき静寂となった。

むろん、穏やかな静寂ではない。

口を開いたが最後、戦の口火を切ってしまうのがあきらかな、兢々《きょうきょう》とした静けさである。

羅剛王も絶句している様子であったが、

「い、いつだっ⁉　いつ使われたのだっ？」

応じる永均の、苦渋に満ちた声。

「は。五刻ほど前に、ござる」

とたん、羅剛王は、烈火のごとくいきり立ったのである。

「五刻っ⁉　…五刻も、五刻も…………精を与えず、苦しめたのかっ⁉」

叱責は、次には冴紗に向けられた。

「馬鹿者がっ！　冴紗、なにゆえ、ほかの男に抱かれなんだっ⁉」

耳を疑った。

聞いた言葉が信じられぬ。

「…………らごう……さ、ま……⁉」

冴紗が、他の男と語ることも、視線を合わせることも赦さぬ羅剛王が、いま、本心でそのようなお言葉を発しているのか。

王は、永均の腕から毟り取るようにして冴紗を抱きすくめ、顔を覗き込む。

「大丈夫かっ？　苦しいか、冴紗っ？　意識はあるかっ？」

声を限りに叫ぶ。

「永均っ！　貴様がついていていながら、なにゆえ抱いてやらなかったたっ⁉　いや、貴様でなくてもかまわぬっ。そこの王子でも、だれでもかまわぬ！　なにゆえ、冴紗を抱いてやらなかったのだっ⁉」

あまりなお言葉に、人々は言葉もない。

冴紗も茫然としていた。

……わたしに……この身を、ほかの男に与えろと、そうおっしゃるのですか……？　ここまで死ぬ思いでやって来たというのに、…くださるお言葉は、それなのですか……？

鋭く咎めたのは、意外にも女王であった。

「修才邏王よ！　なにを申しておるのか、わかっておられるかっ⁉」

王は、女王にも憤怒の表情で怒鳴り返した。

「貴様らこそ、気はたしかかっ⁉　これは、神の子であっても、いまは人の身体を有しておるのだぞっ？　受ける苦痛も、貴様らと変わらぬのだ！　…なにゆえ、苦しめたっ⁉

なにゆえ、救ってやらなんだっ？」

王は、半狂乱のありさまであった。

冴紗を固く抱き締め、手負いの獣のごとき咆哮《ほうこう》を上げる。

「言うている意味がわからぬと思うたかっ⁉　これは、いとしき我が妃、生涯をともにすると神に誓った俺の妻だ！　だが、ならばこそ、苦痛など一分《いちぶ》も与えとうはないのだっ。このような憐れな苦しみを与えるくらいなら………俺は、神など、知らぬっ！　咎も祟《たた》りも、畏れはせぬ！　おのれは未来永劫《みらいえいごう》、嫉妬《しっと》の修羅地獄に堕《お》ちようとも、かまいはせぬ！　……一瞬でも早く、冴紗を苦しみから逃れさせてやるためなら、俺はこののち、妬《と》心《しん》の闇であろうと、神の怒りの矢であろうと、なにであっても耐え抜いてみせるわっ！」

「………ら、ごう……さ、ま………」

ああ、…それほど深いお心で発せられた言葉であったのかと、……なんと慈悲深いお方であろうかと、感極まる想いであった。

脚が浮く。冴紗は王に抱きかかえられていた。

「ええいっ！　みな、どけどけ！　どかぬなら、斬り捨てるっ！　部屋を用意せいっ。人払いをせよ！　…永均、部屋に近づく者は、ひとり残らず斬り捨てていっ！」

声が聞こえたのは、そこまでであった。

恋しいお方の、逞しい胸、腕、そして、香り……。

安堵のため、冴紗の眦から一条の涙が流れる。

……ああ……わたしは、ようやく辿り着けたのですね……。

長かった。つらかった。

だが、もう、こらえなくていい。

こらえなくて、いいのだ。

……たとえいま、このとき、命が尽き果てても、羅剛さまの胸のなかで死ねるのならば、

冴紗は本望でございます……。

Ⅸ　王の慈悲

眼前には、いとしきお方。

冴紗《さしゃ》に覆いかぶさり、覗き込んでいらっしゃる。

「…………………ら、……ご……」

有無を言わせぬ素早さで、王に舌を吸われてしまった。

「なにも言うな。…言わんでいい」

憤怒《ふんぬ》のためか、悔恨《かいこん》のためか、王は涙さえ浮かべ、

「ぬかったわ。あの女蛟め、そういう企みで、俺たちを引き止めおったのかっ。どうりで、異様に愛想がよかったはずだ。王子が、長年恋い焦がれた花嫁を迎えに行くと、甥である俺にも婚姻を寿《ことほ》いでくれと、…あの女は、そう言いおったのだ。それがまさか……おまえのことだとは………」

「……らご、う、さま……」

「俺も、……朧偕《りょうせい》という男に妃がくれば安心だなどと、…馬鹿なことを考えたのがまずか

った」

あとは、憤りで言葉にならぬ様子。

冴紗はなんとか手を持ち上げ、王の涙に触れた。

どうぞ、お嘆きにならないでくださいませ。

冴紗も、御身が苦しまれるのは、つろうございます。

「すまぬ、冴紗！　予定どおり、ともに行幸に来ていれば、…あの女も、あのような姦計《かんけい》を思いつかなかったであろうに……。俺が妙な妬心をいだいたせいで……」

冴紗の唇を、指先でそっと撫でる。

「唇が切れておる。……それほど耐えたのか……」

王の手は、早急に冴紗の衣服の前を開け始めていた。

「つらいか？　苦しいか？　すぐに楽にしてやるゆえ、」

……ああ、……やっと……。

地獄の責め苦のような、この淫火から解放される。

王のお情けさえいただければ……。

そこで、冴紗は気づく。

ひじょうに、重要なことに。

回らぬ舌で、なんとか告げる。

「…………だ、…駄目……だめ、でございます……っ」

「なにがだっ⁉」

「わ、わたしに、……触れては、……御身に、障《さわ》りが、あるやも、…しれませぬ」

半分以上は、ぜぃぜぃという喘鳴《ぜんめい》のような状態であったが、必死にそれだけ伝え、王の胸を押し返す。

自分が苦痛から逃れることだけ考えていた。だが、これだけの強烈な薬だ。身を重ねる王にも、影響があるかもしれぬではないか。

即座に怒鳴られた。

「馬鹿者が！　障りなど、かまわぬわっ！　おまえが苦しむなら、俺もともに苦しむっ。おまえが死ぬというのなら、俺もともに死ぬ！　ふざけたことをぬかすなっ！」

抵抗虚しく、服を剝ぎ取られてしまう。

「……あ、あ……い、いや……だめ、でございます……っ……」

口ではうわ言のようにつぶやいても、身体が歓喜していた。服が擦れる衣ずれだけで、脚のあわいの果実が膨れ上がる。身の内だけの疼きならば、まだ恥ずかしさはすくなかったが、かたちとして表れてしまうと、一気に羞恥の炎が燃え上がった。

冴紗は顔を手で隠し、啜り泣いた。

「……ご覧に…ならないで、くださいませ……。申し訳ございませぬっ、…御身がいらっしゃらぬときに、…冴紗は、ほかの男性と、部屋でふたりきりになってしまいました。

……すべて、わたしの浅慮のせいでございます……っ」

「いい！　言うな！　黙っておれっ！」

強引に脚を開かれる。

すでに果実からは蜜がとろとろと溢れ、後庭の花の蕾までを濡らしているようだ。

ものも言わず、脚のあいだに手を差し込み、王は蕾に触れてきた。

「ひっ……！」

くちゅり、…と。

淫音が聞こえた。

それほど、蕾は刺激を待ちわびていたらしい。

「……あ、あ、うふ、うっ……」

凄まじい刺激であった。反射的にあさましい声を上げてしまった。

王は怒りの言葉を吐く。

「こんなに、蕩《とろ》けてしまうまで…………馬鹿者がっ、…どれほど耐えたのだ！　ほんに、……なにゆえおまえは、そこまで頑固なのだっ」

冴紗のひめやかな蕾が、王の指で穿《うが》たれる。早急に開花させるように、くちゅくちゅと抜き差しする。

「あ、うっ！　や……あ、あ……っ！」

あまりの快感に、頤《おとがい》が撥ね上がった。

眼前に激しい閃光《せんこう》がまたたく。ああ、ああっ、と髪振り乱し、冴紗はあえいだ。

「馬鹿者が……っ。俺がわずかに触れただけでも……」

さきは言わずともわかった。冴紗の蕾は、恋しいお方の指を、嬉しげに食い絞っているのだ。

自分でも、ひくひくと蠢いているのがわかる。もっと擦ってくださいませ、強く抜き差ししてくださいませと、淫猥にねだっているようだ。

王は、ご自身の下袴の前だけ開け、早急に猛々しく漲《みなぎ》った雄刀《ゆうとう》を掴み出した。

「すぐに楽にしてやる」

言うが早いか、冴紗の脚を肩に抱え上げる。

焦がれ、待ち望んだ秘処に、恋しいお方の熱い脈動を感じ、冴紗は泣き叫んだ。

「……ごう、さ、まっ……いやっ、……いやぁぁあ……っ……！」

心臓が弾む。歓喜と、それから半分は恐怖で。

つねなら、もっとくつろげぬと、軋む痛みに苦しむ。されどいまは、香油を塗り込めずとも、どろどろにとけて、物欲しげな蠕動《ぜんどう》を繰り返しているだろう。

であるからこそ、怖かったのだ。

いま、愛するお方を受け入れたら、自分はどうなってしまうのか。

そして、羅剛さまには、ほんとうに障りはないのか。

冴紗の拒絶も虚しく、王は無言で腰を進めてくる。

ほぼ垂直に、上から突き込まれるような格好だ。

拒むどころか、薬で蕩けきっていた冴紗の蕾は、王の尊刀を狂喜して受け入れた。

「だめっ、……ああ、そんなっ、…だめっ、……ああ、いやっ……いやあああああ、あ、あああぁぁぁぁぁぁ――――――っ‼」

身を真っ二つに裂かれたかと思った。

凄まじい快感。圧倒的な存在感。

眼前が一瞬真っ白になる。淫炎に炙られつづけた身に、王のお情けは激しすぎた。

冴紗の果実は、刺激もなしに弾け、ぱっと白花を散らしていた。

「……あ、あうっ…ああ、う……っ……う、う……っん、……」

抑えようとしても、快感の呻きが唇を割って零れ出る。

「大丈夫だ。奥まで入った。…怖がるな。いま入っているのは、ほかの男のものではない。おまえの夫のものだ」

言うが早いか、王は激しく打ち込み始める。

大きく腰を引かれると、臓腑《ぞうふ》すべてを抜かれてしまいそう。そして深く貫かれると、口から雄刀が飛び出してしまいそう。

……ああっ……どうしたらっ……ああ、……心地よすぎて……ああ、ああっ……！

なにも考えられぬ。

いとしいお方に、はしたない姿を見せている。もしや王のお身体に障りが出てしまうやもしれぬ。頭の片隅に自制の思いはたしかにあるのだが、我知らず、王の律動に合わせ、いやらしく腰まで振ってしまっている。それに気づき、冴紗は涙を溢れさせた。

「…………ご、う、っさ、まっ……お、…お赦しを……」

もう駄目。感じすぎて怖い。淫火を耐えていたときよりも、いまこそが狂気に堕ちる瞬間のようだ。快楽の、白き闇に、まっさかさまに堕ちている感じがする。

力強い突き上げに、酔い痴《し》れ、冴紗はあえぎつづけた。

「あ、…ううう、………あ、んんっ、……くっ……ふぅっ………」

荒い息で、王は告げる。

「ああ、よい。薬を使われているのだ。異様に感じてしまうのは仕方ない。まずは一度、注ぐぞ」

とたん、王の剣が膨れ上がり、

「ひぃっ……あ、あ、あ、あ、ああああああああ————っ！」

長く尾を引き、冴紗は絶叫を放った。

灼熱《しゃくねつ》の精が、花奥でしぶく。

全身が、びくびくと激しく痙攣している。

花筒に、慈愛の精が沁み込んでくる。

それは、枯れ果てた地に降り注ぐ慈雨もかくやの歓喜を巻き起こした。身体も、心も、凄まじい喜悦にふるえた。

滂沱《ぼうだ》の涙を流し、冴紗は至福に悶えた。

……ああ、……これを、……待っておりました……。

ほんとうに、気が狂うほど、待ち望んでおりました。

冴紗は幸せでございます。

ほんに、幸せでございます……。

愛するお方の慈愛の精を頂戴し、冴紗は恍惚《こうこつ》の海をたゆたっていた。


しかし、――雄刀が抜かれ、仰臥《ぎょうが》の状態に戻されると、猛烈な羞恥が襲ってきたのである。

そのうえ、まだ足りぬのだ。もっともっと欲しいと、花筒が憐れな悲鳴を上げているようだ。

冴紗は、もじもじと内ももを擦り合わせた。

……そんな……まだ治まらないのですか……。

ちらりと、隣に横たわる王に視線を流す。

王も遂精のあとの荒い息であったが、冴紗のさまを見て、言葉をくださる。

「よい。わかっておる。恥ずかしがるな。だれも見てはおらぬ。おまえのさまを見ているのは、おまえの夫である俺だけだ」

「……は、い」

「膝は立つか？　花筒の内、すべてに精を行き渡らせねばならぬ。向きを変えるぞ？」

「……え……!?」

腹を抱き支えられ、身を返された。うつぶせにされた格好だ。

「そのまま、膝をついて、尻を上げられるか？　…ああ、いい。かまわぬ。俺が、すべてやってやる。おまえは、ただ受け入れろ」

ようやく、自分がいまどのような体位を取らされているのか、悟った。

……こ、これは、……もしや、獣の姿勢では……？

冴紗は四つ這いのまま、首だけ回し、哀訴した。

「恥ずかしゅう、ございますっ、羅剛《らごう》さま……っ！　こ、このかたちは、お赦しください！」

だが王は、すでに背後で膝をつき、準備を整えていた。冴紗の腰を摑むやいなや、有無を言わさず突き込んでくる。

「ひ、っ……あ、あうぅ、う、……あああああ…………っ！」

即座に意味が解せた。王の尊刀は、冴紗の花筒の、さきほどとはちがったあたりを擦り、進入してきたからだ。

「あ……あ、ああああ、あああっ……！」

目の前に火花が散る。髪を振り上げ、頤《おとがい》を撥ねさせ、すぐにまた敷布に顔を伏し、またもや抑えきれぬ快に、背を反らしてしまう。

鮮烈すぎる快美感に、唾液が唇端から垂れるのも抑えきれず、冴紗はあえいだ。

「ああっ……ああ、羅剛さまっ……ああ、ああ、ああ、いいっ、あああ……っ！」

恍惚の痙攣に身をゆだね、羞恥の炎に焼かれつつも、身も世もあらぬ態で咽び歔《すすりな》き、魂が飛翔するかのごとき陶酔に、溺れた。

甘い嬌声《きょうせい》を上げてしまい、恥ずかしさで唇を噛み締めようとしても、すぐさま、さらに恥ずかしいことを口走ってしまう。

「……ああ、もっと、…もっと、突いてくださいませっ……ああっ、……お赦しをっ、……申し訳ございい、ませぬっ……あああっ……」

「よい。言え。欲しければいくらでもやる。いくらでも突いてやる！」

熱い吐息が耳にかかる。王は、冴紗の腰を摑み、激しい抽送を繰り返す。

慈愛の精が、花筒のなか、万遍《まんべん》なく行き渡る。

だが、それはぐちゅぐちゅと、耳を押さえたくなるほどの淫音をともなって、なのだ。

凄まじい羞恥と愉悦。

心地良いなどという、単純でかるい表現では足りぬ。

もう幾度達しているのか。

快楽の嵐に翻弄され、全身が狂喜している。髪のさき、爪のさきまでもが、花筒の悦びに呼応して、歓喜の震えを起こしている。

それが鳥啼薬のためだとわかってはいても、恐怖に駆られた。

……羅剛さま！　これ以上の快感は、もうお与えにならないでくださいませっ。

これ以上、冴紗を狂わせないでくださいませ。

しかし、この悩乱の快の海で、溺れ死んでしまいたいという思いも、強烈に湧いてきた。

いとしきお方の雄刀の鞘《さや》となれる至福に浸りきり、いつまでも、いつまでも、こうしていたい、と…………。

X　冴紗の裁き

…………………冴紗《さしゃ》。

……………………………冴紗。…………………さしゃ……。


「俺がわかるか、冴紗？」

おかしなことをお尋ねになる。

「らごう、さま……でございます」

わたしの、いとしいお方。

命よりも大切な、愛する羅剛《らごう》さま。

王はなぜだか、恐る恐るといったふうに尋ねてくる。

「なにがあったか、は……覚えておるか」

「…………なにが………」

一瞬で、記憶が蘇《よみがえ》った。

身の毛がよだつほどの悪寒と羞恥に襲われた。

生きながら身を焼かれているかのごとき、あの地獄の苦しみが治まっているということは、羅剛王の精を注いでいただいたということ。

あらためて考えてみれば、他国の王宮まで押しかけ、他国の客間での性行為である。

泓絢《おうけん》の女王、王子、家臣たちの前で、あさましい姿を晒し…………。

「…………あ、……あ……っ……」

声を張り上げようとしたところを、押さえ込むようなくちづけ。

「なにも言わんでいい」

ささやくようなお声は、慈愛とあたたかみに溢れたものであった。

「よい。恥じることも、哀しむことも、苦しむことも、…俺が、赦さぬ。おまえは、俺の妃だ。…………………護《まも》ってやれず、……すまなかった」

「……羅剛さま……」

「俺が、修才邏《いざいら》を離れてしまったから悪いのだ。まさか、泓絢側が、そこまで卑劣な手を使うとは思わなんだ。——だから、俺を恨め。自分を責めることだけは、するな。おまえは、悪くない。なにひとつ、落ち度など、ないのだ」

王の手が、冴紗の頬を撫でた。

その指先が濡れていた。自分は涙を流しているのだろう。…いや、それとも、王の涙が滴《したた》ったのか。王もまた、頬を濡らしていたからだ。

「なにか、言うてみい。——舌は動くか？　手は？　身体は、どうだ？　効き目は強烈でも、薬の後遺症はないという話だったが……」

「舌は……動きまする。…手も、身体も……」

冴紗は手を伸ばし、自分から王の背にまわした。

まず、一番に告げたい。

「お慕いいたしております、羅剛さま。御身を、…愛して、おりまする。冴紗は、衷心《ちゅうしん》より、御身をお慕い申し上げております る」

王の唇に苦笑が浮かぶ。

「意識が戻って、最初に言いたいことは、それか？」

「ほかに申し上げたいことなどございませぬ」

お詫びより、後悔の言葉より、命が繋《つな》がったいま、それをまず第一に伝えたかった。

きっと、死の淵《ふち》でも、言いたいことはそれだけであろう。

お慕いしております る。

御身と出逢えて、御身の妃とさせていただいて、冴紗はほんとうに幸せでございました、と……。

しかし、なにはともあれ、最低限のことの成り行きだけは、王にお伝えしておかなければならぬ。

冴紗は端的に説明した。

「隴偖《りょうせい》王子は、――以前より、わたしは王子の妃になる者だと、教え込まれてきたそうです。先代の皚慈《がいじ》さまが、泓絢の瓏朱《ろうしゅ》姫を奪ったのであるから、その見返りとして、わたしは隴偖王子のものになるべきなのだと」

意外にも、王は静かなお声で返してきた。

「言い訳など、いくらでも考えつくであろうよ。俺からおまえを奪うためなら、どれほど姑息《こそく》な手練手管《てれんてくだ》を使っても、…おまえには、それだけの価値があるのだからな。その言い訳ならば、他国の王妃であるおまえを略奪しても、自分たちがやられたことをやり返しただけであると、そう言えばすむのだからな」

王は、慈《いつく》しむような淡い笑みを浮かべる。

「……どうした？　俺の顔ばかり眺めて？」

抑えようもなく涙が溢れてきた。

さきほどまでの苦痛があまりに激しかったため、いまの幸せが夢のようだ。

「どうぞ……どうぞ、お赦しくださいませ。いまだけ……きつく抱いてくださいませ。お怒りを受けてもかまいませぬゆえ……」

王は、横臥《おうが》のまま、冴紗をぎゅっと胸に掻きいだいてくださった。

髪を撫でてくださる。いつものように。

「怒るわけがなかろう。……つらい思いをさせた。おまえが、人を疑うことなどできぬのを知っていながら、おまえのそばを離れてしまった。……よしよし、泣かんでもいい。……すべて済んだ。…よう、こらえたの。偉かったぞ。…ほんに、……ほんに、よう頑張った。褒めてつかわすぞ」

髪を撫で、頬にくちづけて、王は冴紗を優しく宥める。

「………あ、……あ……」

冴紗は王の胸にすがり、咽び泣いた。潸潸《さんさん》と涙が頬を流れる。

このお方のもとまで辿り着けてよかった。疼きをこらえて、よかった。

しばし、泣いたあと、涙を拭きつつ、冴紗は口を開いた。

「あの、……もうひとつ申し上げておかなければ。冴紗が、狂わず持ちこたえられましたのは、ひとえに永均《えいきん》さまのおかげでございます」

王は怪訝そうな顔となる。

「どういうことだ？」

冴紗は、みずからの鳩尾を撫で、

「薬を盛られたと知った際、直後に、ここを、お打ちくださいました。そして、意識を失わせていただいたおかげで、長いとき、苦しまずにすみました」

自分が使われてみて、あの薬の噂は真実であったのだと実感した。

あの、身を焼くようなおぞましい疼き。

羅剛王への想いと、朧偖への怒りがなければ、きっと耐えきれず、身近な男性に精を乞うてしまっていただろう。

「永均さまはそのあと、飛竜を駆り、五刻の速さでここまで連れて来てくださって、泓絢女王にも、激しい口調で詰め寄ってくださいました」

王は、手で目元を押さえ、嘆息した。

「……そうであったか。…俺も、鳥啼薬を使われたと聞いて逆上しておったが、…無闇に叱責するべきではなかったのだな。永均には、あとでしっかり謝るわ。だが、…………さきほど言うたことは、俺の本心だ」

「さきほど、とおっしゃいますと……」

王は一瞬黙り、胸が締めつけられるような、せつない瞳で、言った。

「俺に誓え、冴紗。ふたたび、このようなことがあったならば、──だれに抱かれても、かまわぬ。俺のために、操を守ろうとしたことは、むろん、泣けるほど嬉しいが、そのためにおまえが五刻ものあいだ苦しんだかと思うと、……胸が焼かれる思いなのだ。血も凍るほどの苦痛であるのだ」

変わりはせぬ」
「だれになにをされても、おまえは、穢れはせぬ。…いや、どれほど穢れても、俺の愛は
「……羅剛さま……」
あまりに情愛深いお言葉である。
冴紗はまたもや瞼を濡らしてしまった。
王は、自嘲的に笑う。
「俺の恋狂いを、甘くみるなよ。おまえのためなら、俺は、灼熱の火で未来永劫炙られよ
うと、氷の刃で一寸刻み五分刻みにこの身を切り刻まれようと、なんら苦しみなど感じぬ
のだ。俺が恐ろしいのは、……ただ、おまえを失うこと、それだけだ」
ふと思いついたように、羅剛王は扉に視線を流し、
「――そうだ。永均たちが、案じておろう。起き上がれるようなら、…どうだ、そろそろ
腹も空いたであろう？　夕餉でも部屋に運ばせるか？」
冴紗は怖気を振るってしまった。
「いや、……いやでございますっ。人前で、あのような痴態を晒してしまい、…どのよう
な顔でみなさまにお会いすればよいのかわかりませぬっ。起き上がれはいたします。御身
のお情けをいただきましたから。なれど、人々に会うのは、いやでございます！」
あの場にいたのは、女王と数人であったが、王宮に招かれている他国の者たちにも、も

しかしたら仔細が伝わっているかもしれぬのだ。

王は冴紗の瞳を覗き込む。

ゆっくりと、言い聞かせるように、お言葉をくださる。

「案ずるな、冴紗。おまえは、俺の妃、修才邏国王妃だ。そして、あのおぞましい媚薬を耐え切った。…いったいなにを恥じることがある。誇りこそすれ、恥ずることなど、なにひとつない。おまえは、世で最高の、俺の妻だ」

瞳が潤んできた。胸に沁み込むようなお言葉であった。

羅剛王は、冴紗にとって、虹霓神《こうげいしん》よりも尊敬するお方である。

「はい」

冴紗は毅然《きぜん》として、こうべを上げた。

羅剛王のおっしゃるとおりだ。

自分は、『夫』の情けだけを求め、五刻の長きときをかけ、他国までやって来た。苦痛でのたうちまわりながらも、最後まで意思を貫き通し、操を守り切った。恥ずることなど、なにもない。凛然《りんぜん》たる態度で人々の前に出よう、と。

衣服を整え、座して待つ。

まだ身体は熱を持っていたが、疼きは嘘のように消え失せていた。

王が扉を開けると、――廊下では、剣を抜き放ち、人々を威嚇している永均。対するのは、泓絢女王、隴偖、家臣ら数人。

だが、一触即発の様相を示しながらも、みながみな、氷の柱にでもなってしまったかのように、声も動きも止めていた。

とうぜんであろう。永均の脅したとおり、冴紗にもしものことがあったら、泓絢はまちがいなく滅ぼされる。侈才邏のみならず、虹霓教信仰国すべての総攻撃に遭《あ》うのは目に見えているのだ。

隴偖王子は手を組み、天を振り仰いでいた。冴紗の快癒を願い、天帝に祈りでも捧げていたようであった。

扉が開いたことによって、みな、反射的にこちらを見た。

「入れ」

ひとことだけ発し、羅剛王は顎で横柄に人々を招き入れる。

それでも、だれひとりとして足が動かぬらしい。

「……入ってかまわぬのか…？　侈才邏王よ……？」

尋ねる女王の声も、さきほどまでの強い語調ではなく、不安げな小声である。

「ああ」

羅剛王は戻ってくると、冴紗の隣に悠然と腰を下ろす。

まるで、冴紗は俺のものだと、人々に所有の証を見せつけるかのように。

いらだった声で、永均が急かした。

「我が王の命である。疾く入りませいっ！」

自分たちは、どれほどのあいだ、客間に籠っていたのか。

その間に、立場は逆転していた様子だ。いまや泓絢側は、咎人同然。

ここは泓絢の宮殿内だ。自国の衛兵など、呼べばいくらでも駆けつけるであろうに、永均ただひとりの剣で、怯えてちいさくなっている。

女王、瓏偖がおずおずといった態で、そして侈才邏の宰相、最後に永均が、室内に足を踏み入れる。

「……冴紗さま……」

冴紗の顔を見るなり、瓏偖は、まろび、頽《くずお》れるようにその場で膝をついた。

「どうぞ……憐れと思し召して、……ご寛恕《かんじょ》ください……」

冴紗は眉を顰め、王に視線を投げた。

……寛恕……？　わたしが許しても、羅剛さまを侮辱した罪は消えはしませせぬ！

すると羅剛王は、冴紗の思いを察したように、静かに告げる。

「俺のことは気にするな。どうせ俺は、卑劣なまねをしようが、しまいが、世のすべての男が邪魔なのだからな。…おまえが決めろ。潰していいと言うなら、明日には、この国を、永遠に草木も生えぬ焦土としてやる。寛恕しろと言うなら、おとなしく引いてやる」

王の気高き対応に、頭の下がる思いであった。

怒りに我を忘れてしまいそうになる自分とは、やはり格がちがうお方であると、冴紗は恥じ入りつつ、小声で尋ねた。

「わたしは、修才邏王妃としてお話したほうがよろしいのでしょうか。それとも、聖虹使《せいこうし》として？」

「好きにせい。どちらも、おまえだ」

「はい」

ひとつ、息を吐く。

羅剛さまの御前で、見苦しい裁きはできぬ。心して言葉を発せねば、と気持ちを入れ替える。

「それでは——」

冴紗は、座したままであるが一礼し、隴偖と視線を合わせた。

自若《じじゃく》として言の葉を吐く。

「わたしは、人を陥れることをよしといたしませぬ」

隴偖は、涙を流し、床に平伏した。床を掻き毟らんばかりに爪を立て、憐れな様子で号泣する。

「私が悪かったのです。聖なる御子さまに、あのような薬をお飲ませするとは！　……ああ、…どうぞ、呵譴《かけん》なさってくださいぃ。誹毀《ひき》なさってくださいぃぃ」

いぃぃ、と長く語尾を引く泣き言が、ひどく耳障りであった。

「私は卑怯なまねをいたしました。お願いですから、暁示《ぎょうし》を賜りたく存じます……っ！」

ひっくひっくと哽咽《あえつ》し、大の大人が、人目もはばからず、滂沱の涙を流すのだ。

憫笑を浮かべてしまいそうであった。

羅剛王より年上であるはずの龍偖王子。なのに、若きころより一国を背負ってこられた羅剛王に比べ、なんと幼き態度であることか。

……この方は、…すべてが、感情の赴くままなのですね。

子供のように、楽しければ、まわりのことなど気にせずにはしゃぎまわり、ひとたび人の怒りを買えば、怯えてひぃひぃと泣きわめく。

長老たちの言葉が、ようやく理解できた。

『なにも責を負わずに生きていらした方特有のおおらかさ』

あのときは、長老さま方にしては厳しい物言いをなさると思ったのだが、…あの表現は、たしかに的を射ていた。

なるほど、護られ、甘やかされてきた人間にとって、泣くことは最大の武器であろう。我が身に置き換えて鑑みれば、即座にわかることではないか。

自分もまた、心から甘えている『羅剛王』の御前では、よく涙する。

だが、他者の前では、顔色ひとつ変えずに、行動することができる。

どちらが、幸せか。

あらゆる人々に甘える朧偖か、たったひとり、心を捧げたお方だけに甘える自分か。

むろん、自問するまでもない。

……羅剛さまおひとりに心を捧げ、お慕いできるわたしは、なんと幸せ者なのでしょう。

女王は、我が子が床に這いつくばり、ひぃひぃと泣くさまを、憮然《ぶぜん》と眺めていた。

むろん心中は察して余りある。他者がこれほど嘲笑の想いをいだくのだ。母親にしてみれば、やるせない気分であろう。

「…………お言葉を、……いただけませぬか、御子さま」

女王は、萎《しな》びた薄い唇をわななかせ、恨むような口調で冴紗に振ってきた。

即座に永均が、叩き伏せるがごとき荒々しさで咎める。

「頭が高いっ！　どなたの御前だと思っておる！　膝をついて平伏せいっ！」

もう、怒りさえ湧いてはこぬのか、女王は言われるまま、冴紗の眼前で膝をついた。

人前で平伏するなどという屈辱は、たぶん生まれて初めてであろうが、表情からは、なにも読み取れはしなかった。

冴紗は口を開く。

「お話は、隴偖さまよりうかがいました。先代、皚慈《がいじ》さまのなさったことを、いまでもお恨みとか。それゆえ、わたしを略奪しようとしたと、…そういうお話でございました」

いまひとたび、女王と、隴偖の顔を見つめ、つづける。

「お恨みは、むろんございましょう。ですが、――羅剛さまは、お父上、皚慈さまの血を引いていらっしゃっても、同時に、瓏朱《ろうしゅ》さまのお子、女王陛下の、お孫さまでもいらっしゃるのですよ？　恨みつらみで、お心を病まれてはなりません。――このたびのことは、双方の失態ということで、水に流しましょう。わたしも、…このように、我が君のおかげで快癒いたしましたゆえ」

聖虹使ふうの穏やかな口調で、そこまで語ったときであった。

女王が、地の底から響くような怨嗟《えんさ》の言葉を吐いたのである。

「………されど、……されど、……あまりに瓏朱が憐れじゃ……。恋も知らず、あたら若い命を散らせ……」

視線を上げ、冴紗を睨む。

「恨んでなにが悪い！　我が子の無念を嘆かぬ親がどこにいるっ⁉　聖虹使さまの御前じゃが、言わせていただく。――娘の不幸を悲しまぬ親など、おらぬ！　瓏朱は攫われたとき、まだ十五であったのだぞ！　花の盛りも迎えぬ少女であったのに……」

少々唖然とした思いで、冴紗は尋ねた。

「恋も知らず、といまおっしゃいましたが、……萋葩《さいは》国の王子とは、想い合っておられたのではないのですか？　それゆえの婚姻ではなかったのですか？」

憎々しげに、女王は答えた。

「いいや。我が王が、姫の意向も尋ねず、勝手に取り結んだ婚姻じゃ。萋葩の王子と瓏朱は、幼馴染みであったのだ。結ばれれば、いずれは心通わせるようになろう、とな。——男など、いつもそうなのじゃ。女心の機微など察することもない」

語るうち、怒りが増してきたらしい。女王は顔を歪め、激しい憤りを吐き出した。

「妾《わらわ》とて、人の親じゃ。皚慈と瓏朱が想い合うたのなら、ここまで恨みはせぬっ。妹の霾《れい》紫《し》のごとく、周慈《しゅうじ》殿と想い合うて、子をなし、そののちの死であるならば、まだ諦めもできる。…だがのう、御子さま。瓏朱は犯されたのじゃ！　憎むべきあの鬼畜に！　そして子まで孕まされたのじゃっ。…おなじ苦しみを、修才邏の王に与えねば、気がすまぬ！瓏朱に、申し訳が立たぬっ。母が、…警護をしっかりつけておれば、…目の前で妃を攫われるような、愚鈍な萋葩の王子などに嫁がせなんだら……！」

そのときである。

ふいに声を張り上げた者がいた。

「いいえ！　恋ならば！　瓏朱姫は、恋ならば、なさっておいででございました！」

その言葉を発したのは、意外な人物であった。室内の隅に控えていた、修才邏の宰相であったのだ。

「……え？　え？　宰相さま……⁉」

宰相は、おもてに決意を表し、名を呼んだ。

「永均殿」

永均は、見てわかるほど狼狽していた。

ついいましがたまで、剣を抜き放ち、なに者にも圧《あっ》されぬ武人の様相であったのに。

宰相は、想いが溢れるような、深い語りかけで、再度永均の名を呼ぶ。

「――永均殿。我らの知る瓏朱姫のお姿を、……姫の最期のお望みを、……こちらにおわすのは、姫のお母上だ。…語ろうではないか、いまこそ。我ら以外には知る者とておらぬ、あの気高き姫の、真実の最期を」

永均は剣を持つ手を下していた。

「宰相殿……」

「みな、わかっていた。隠してしまうことこそ、罪ではないのか？　瓏朱姫は、だれの目にもあきらかに、貴殿に恋をしておられた。貴殿も、姫を想っていた。――違うか？」

みなが、視線を永均に向けていた。

永均がなにを言うのかと、固唾《かたず》を呑んで見守っていた。

口を開きかけ、…それでも、語るべき言葉がみつからぬのか、永均は唇を噛む。

そのさまが、すべてを物語っていた。瓏朱姫と永均は、たしかに想い合っていたのだ。

言葉は発しなかったが、永均は剣を鞘に収めた。床に膝をつき、武人の挨拶をした。

姫の母親である、泓絢女王に。いまのいままで、剣を突きつけて威嚇していた相手に、である。

女王は、茫然とした面持ちであった。

「……え、永均とやら、それは真実か……？　ちこう、寄れ。ちこう寄って、…妾に、顔を見せい」

逡巡の色を浮かべたが、永均は床に膝をついたまま、女王のそばまでにじり寄った。

女王のほうも、床を這うようにして、永均に詰め寄る。

次の瞬間、はっとしたような驚愕をうかべた。

「その傷は……っ！」

女王の視線は、永均の頬に釘付けになっていた。

永均の頬には、ひじょうに目立つ切り傷が、一条刻まれているのだ。

女王は震える声で、尋ねる。

「もしや……もしや……瓏朱が、つけたのか、その傷は……っ⁉」

低くこうべを垂れ、

「…………は」

永均は苦渋の色を浮かべつつ、ひとことだけで肯定した。

すると。

驚くことに、おおおお、と女王は顔を覆い、身を折り、哭嘆《こくたん》の声を上げ、床に泣き崩れたのである。


女王は涙ながらに語り出した。

「聞いてくれるか、…のう、永均とやら。――我が国の、古い民話じゃ。昔、美しい村娘が、望まぬ結婚を強いられたのじゃ。二世を誓い合うた恋人がおったのに、歳老いた、残虐な領主に望まれての、…………けっきょく、娘は自害したのじゃ。自分が拒めば、親兄弟も、その恋人も命はないと、ならば、恋人の頬を切り、その血一筋だけを恋の形見として、天帝のもとへと参る、となっ。……知っておるか？ 互いの血を混ぜ合せるのは、我が国の、婚姻の習わしなのじゃ。……幼きころ、瓏朱はその話が好きでのう、…毎夜、本を読まされたものじゃ。…ひどく気性の激しい子であったゆえな、……瓏朱も、望まぬ結婚を強いられたのなら、真実愛した男の頬を切る、その剣で自刃すると、そう申しておったのだが……」

女王は空を仰ぎ、流れ落ちる涙を拭おうともせず、

「…………そうか。……そうであったか……」

女王は、永均の頬の傷を撫でた。いままで、火でも吹かんばかりの瞳で憎々しげに睨んでいた男の頬を、いとしげに。幾度も、幾度も。

永均も、石になったかのように、無言で撫でられていた。

「なにも語らずとも、よい。この傷が、まこと瓏朱のつけたものなら、…これこそが、まごうことなき、瓏朱の遺言じゃ。妾には、わかる。母には、………わかるぞ、瓏朱」

最後の言葉は天を仰ぎ、亡き姫に語りかけるようなものであった。

「……そうか、そなた、恋をしたのじゃな。……攫われて、さぞつらい生涯を送ったであろうと憐れんでおったが、……そうか、修才邏で、恋をしたのか……。そうか、…ならば、修才邏に攫われたのも、そなたの運命であったのだな……」

「女王さま……」

宰相は声を殺して啜り泣いていた。

女蛟とまで言われた女傑の、飾ることなき『母』の姿に胸を打たれ、冴紗も瞼が熱くなる想いであった。

冴紗の母、熠栄《ゆうえい》も、姿こそ儚げな美女であったが、心の強さは泓絢の女王にも負けてはいなかった。虚弱な身体で冴紗を産み、さらには冴紗を守るため、すべてを捨てて森に隠れ住む道を選んでくれた。

瓏朱姫とて、我が子を修才邏国王とするため、お若くして自死を選ばれたのだ。母となった女性方の、あまたの苦労の上に、いまの自分たちは、いる。

女王は、永均に語りかける。

「おもてを上げて、妾に顔をよう見せておくれ。瓏朱が愛した顔を。…瓏朱は、そなたを見て笑うておったか？　なにを申しておった？」

「姫は………」

永均は一度黙り、あとは滔々《とうとう》と語り出した。

「ようお笑いになられるお方でござった。書物を好まれ、修才邏の花々を愛され、お国からともにいらした乳母殿と、日々お楽しそうにお過ごしでいらした」

宰相へと視線を流す。

宰相も床に膝をつき、羅剛王に問いかける。

「王。私も申し上げてかまいませぬか？　国の恥となることではございますが」

羅剛王は、顎を上げて、断じた。

「国の恥？　…いや、父、螘慈の恥であろう？　国の恥でも、俺の恥でもないわ。…好きにせい。俺も聞きたいものだ。おまえらは、過去の話など、俺には語らぬからな。憚《はばか》る必要はない。おまえらよりも、俺のほうがあの男を憎んでおる。どのような悪口雑言でも、好きに言え。俺にはかえって溜飲《りゅういん》の下がる話だ」

頭を下げ、了承の意を示すと、宰相は女王に向かって語り始めた。

「瓏朱姫は、間違いなく侈才邏の国母であられました。我が国を憎んで当然でございますのに、『民には罪がない。侈才邏の発展に尽力するのは吝《やぶさ》かでない』とおっしゃって、……じつは私は、三十にもならぬ歳、宰相に選任されました。皚慈王は、おのれの意に反する者を厳しく処罰し、逆らわぬ者だけを重用いたしました。そういう意味では、皚慈王に選ばれた私は、ひじょうに情けない人間と言えるのでございますが、……瓏朱姫は、私のような者にも、正しきお言葉をくださいました」

宰相は、永均に視線を戻す。ふたりは、語るべき話を共有しているようであった。

あとを継ぐように永均が語り出す。

「姫の、いまわの際のご遺言でござる。『あの卑劣で無能な皚慈に、神国侈才邏を、これ以上蹂躙《じゅうりん》させるな。愚王、皚慈を斃《たお》せ』と、『我が子、羅剛をかならずや侈才邏の王位に就けよ』と………」

床についた永均の手が、腕が、肩が、小刻みに震えていた。

声を詰まらせ、そこまで語り終わると、うつむく。

だれもが、その場面を思い描けたであろう。

異国に攫われ、凌辱されてなお、誇り高く美しかった瓏朱姫。彼女の生きざまを想い、
冴紗もまた、袂でそっと涙を拭った。

女王は、虚空を振り仰ぎ、ただただ涙していた。

哀哭《あいこく》のすすり泣きのなか、冴紗は考えた。

この場で、自分はもっとも年若い。だが、人々を教え諭す立場の『聖虹使』である。

長きとき、人々を苦しめ、悲しませてきた悲惨な事件を、いまこそ終わらせねばならぬ。

そうしなければ、祖母と孫が、憎み合ってしまう。

ひいては、侈才邏国と泓絢国とのあいだも、これから長く憎しみで彩られてしまう。

……大丈夫ですね…？　羅剛さまのお情けをいただきましたから。もう立ち上がれるはずですね…？

おのれに問いかけ、一歩足を踏み出し、ゆっくりと立ち上がった。

「……冴紗？」

「御子さま……？」

ほほえみを浮かべ、冴紗は女王に向い、ふわりとお辞儀をした。

「いまは、冴紗とお呼び捨てくださいませ。羅剛さまの妃として、膝を折らせていただきます。――羅剛さまのご尊属であられる女王さまへ、改めてご挨拶いたします」

驚愕の面持ちで、女王は、床から冴紗を仰ぎ見る。

言葉を選び、口調を選び、冴紗は思いを告げる。

「みなさまの複雑なご事情、重々お察しいたしますが、……それでもわたしにとっては、皚慈さまと瓏朱さま、おふた方が結ばれたおかげで、羅剛さまという得がたきお方が誕生したのですから、どうしても、皚慈さまを悪く思うことはできませぬ。それだけは、どなたもお許しくださいませ」

ふたたび、頭を下げる。

「人を恨む想いからは、なにも生み出しはいたしませぬ。この日、このときに、こうしてみなさまがお集まりになられたのも、天帝さまのお導きでございましょう。……あらたな一歩を踏み出しましょう。瓏朱さまも、我が父のもとで、かならずや両国の和平を望んでおられるはずです」

深く頭を下げると、女王は悲鳴のような声を上げた。

「お顔を、……お顔をお上げくだされ、冴紗さま。――どうか、……どうか、お赦しくだされ。御身を謀《たばか》るよう唆《そそのか》したのは、妾なのじゃ。修才邏憎さと、息子可愛さに、天の道を外れた行いを教えましたのじゃ。もう、妾の子はひとりきり、みな、妾を置いて逝《い》ってしもうたゆえ……だが、すこしだけ言い訳を言わせていただけば、…隴偖は、虹の御子さまに焦がれて焦がれて、痩《や》せ細るほどに想いを募らせておりましたのじゃ。そのさまが、あまりに憐れで、…憐れで、……またしても修才邏に、我が子が苦しめられておるのかと思うと………どうしても、どうしても、こらえきれませんでしたのじゃ。どうか、馬鹿な母の振舞いと、ご寛恕くだされ。そして、罰は妾ひとりに、お与えくだされ……」

嗚咽《ゆうえつ》しつつ、床に額をこすりつけ、女王は冴紗に陳謝した。

「どうか、贖《あがな》わせてくだされ。国など、いらぬ。…瓏朱が、侈才邏の未来を憂えたのなら、どうか、泓絢もお国の一部にしてくだされ。ならば、他国ではなくなる。妾もまた、瓏朱と竈紫の生きた、おなじ地で、墓に入ることができる」

そこで、突如思いついたように、女王は声を張り上げた。

「なにをしておるっ！　隴偖、御子さまに、…御子さまに、早う『聖虹使冠』を、お持ちするのじゃ！　御子さまは、そのためにいらしたのだぞ！」

「は、はい！　ただいま！」


隴偖が、胸にかかえて持ってきたもの、――それは、見たこともないほど煌びやかで豪華な冠であった。

「おお！　それがそうか！　素晴らしい冠だな！」

羅剛王まで、率直な褒め言葉を吐いたくらいだ。

冴紗も息を呑み、その冠を見つめた。

虹石と宝石で造られた冠は、高さは、人の頭ふたつぶんくらいか。だが、一般的なものとはちがい、小粒の虹石を繋ぎ、幾筋も幾筋も、長く垂らしてあるのだ。

きらきらと光を弾き、あたりが明るく見えるほどの美しさだ。

女王は、平身低頭のさまで、羅剛王に頼み込む。

「妾は、畏れ多くてできませぬゆえ、――どうぞ、修才邏王。貴殿から、御子さまへ――」

うむ、と力強くうなずき、立ち上がり、羅剛王は『聖虹使冠』を受け取った。

ここに来て跪《ひざまず》け、と冴紗に目で命じる。

「はい」

命じられるまま、冴紗は羅剛王の足元へ膝をついた。


「虹霓教《こうげいきょう》最高神官、『聖虹使』殿」

一国の王の、気品ある語り口であった。

冴紗は心ふるわせた。

そのような呼ばれ方をしたのは初めてであった。

王は、朗々とつづける。

「修才邏国王、羅剛、泓絢女王に代わり、そなたに『聖虹使冠』を授ける。この冠は、長き世、歴代の『聖虹使』たちの頭上に輝き、いま、新たな聖虹使となったそなたに、受け継がれる。――人々を導き、正しく、世を治めよ。そなたの『真名』のごとく」

はっとした。

冴紗の真名は、――『世を統《す》べる者』。

仰々しい名だとは思っていたが、この歳になるまで、まともに意味を考えたことすらなかった。それに気づき、愕然としたのだ。

……もしや……もしやわたしは、……『聖虹使』という役目だけではなく、真実、世を統べる役目があるのでしょうか……？

考えるだに、空恐ろしい。いまでも、まともに責務が果たせていないというのに、これ以上、まだ重責がかかってくるというのか。自分のような、無能な馬鹿者に……。

すると、冴紗の頭上に冠を授け終わった王は、薄く笑んだのだ。

すべてをわかってくださっているように。

「案ずるな。俺がいる。いつでも、おまえのそばにいる。いつでも、おまえを護っている。俺は、おまえの剣であり、おまえの盾だ」

冴紗は、王を見上げ、首を振った。感動のあまり、言葉も出ぬ。

……いいえいいえ、それだけではございませぬ。

御身は、やすらぎと幸福を与えてくださるゆりかごのよう。つらいとき、迷うときには未来を指し示してくださる杖、涙するときには、頬を拭う手巾、そして、冴紗に、人としての、肉体の快感すら、与えてくださる。

「それにしても、のう」

王は、聖虹使冠から垂れる長い飾り石を手に受け、笑った。

「この冠の意味と、仰々しい仮面の意味が、いまようやっとわかったわ」

「は？」

「わからぬか？　これはの、虹髪でない聖虹使のためのものだ。それからのう、仮面は、虹瞳でない聖虹使のためのものだ。だが、おまえには本来、どちらも必要ないのだ。このような紛い物で装わずとも、おまえの虹髪虹瞳のほうが、さらに神々しく、きらきらしいからの」

言われて、初めて理解できた。

虹の髪と虹の瞳、どちらかでも、数百年に一度ほどしか出現しないひじょうに特異な色なのだ。冴紗のような『髪も瞳もどちらも虹色』の者など、いまだかつて現われたことがないという。

もしかしたら、美優良《みゆら》王女の髪のように、鉄色がわずかに煌くだけ、というていどの方も、歴代の聖虹使のなかには幾人かいたはず。

ならば、神の御子を装うためには、虹に輝く『聖虹使冠』も『仮面』も、必要不可欠であったのだろう。

羅剛王は、なぜだかしみじみと語り出した。

「女王殿、それから、みなも、…少々聞いてくれ。——俺は、父を庇う気など、毛頭ない。あの男は、子である俺から見ても、残虐非道な暴君であった。しかし、……母に対する想いだけは、真実であったのだろう。恋というは、人を狂わせるものだ。あの男の血を引いた俺もまた、こいつに狂うておる。――もしかしたら、あの男と俺との違いは、ただ、相手が想いを受けとめてくれたかくれなかったか、…それだけなのやもしれぬ。俺もまた、冴紗に拒まれたら、残虐な暴君となっていただろう。そう思うと、なにやら憐れにも思えてくるのだ。愛した者から、ほんの一分も愛されなんだ、あの男が、…な」

人の心はままならぬもの。

王は、もしかしたら隴偖王子に聞かせたかったのかもしれぬ。過去にどれほどの遺恨があろうと、冴紗は渡すことができぬ、と、暗にそう告げたかったのかもしれぬ。

冴紗もまた、心のなかで詫びた。

……申し訳ありませぬ、隴偖さま。

わたしにすこしでもお心を向けてくださったことは、たいへんありがたく存じまする。なれどわたしは、羅剛さましか、愛せませぬ。

これよりさきは、どうか、どうか、お身にふさわしき方に、お心を差し上げてくださいませ。

わたしを忘れ、どうかお幸せになってくださいませ、……と。

XI　帰国

一度国に帰り、再度『行幸』を仕切り直してもかまいませぬか？

冴紗《さしゃ》の申し出に、泓絢《おうけん》側は一も二もなく応じた。

冴紗は、羅剛《らごう》王の仕立ててくださった行幸支度を無駄にしたくなかったのだ。それに、あまたの人々の労力や苦労も無にしたくはなかった。

たくさんの針子、たくさんの飾り職人、騎士団の面々、…みな、『初の聖虹使《せいこうし》行幸』のために働いてきてくれた。彼らに報いたかった。

帰国して、二日後。

冴紗と羅剛王は、予定どおりの煌びやかな行幸支度で、王宮を飛び立った。

修才邏《いざいら》国内でも、民はどよめき、頭上を渡る巨大な『虹』を見て歓声を上げ、手を合わせて拝み、冴紗の名を歓呼《かんこ》した。

聖虹使さま、万歳――っ！

冴紗さま、万歳――っ！

そしてそれは、紺青《こんじょう》の海原《うなばら》を渡り、泓絢国上を飛ぶころになると、いっそう激しい喜びの声となった。

人々は歓喜し、地に伏し、涙を流した。

長い憎しみの日々は終わったのだ。

いまや、修才邏と泓絢はひとつ国。

虹霓神《こうげいしん》のひとり子冴紗と、羅剛王の治める国となったのである。


泓絢の神官たちは、冴紗の到着をいまや遅しと待っていたようだ。

城庭に集まり、地で跪拝《きはい》していた。

おお！　聖虹使さま……！

我らの帰国を、お赦しくださいますのか……!?

その数は百人に満たなかったが、どの者も皺《しわ》深い顔となっていた。長年の心身の苦労が、見て取れた。

地に降り立ち、冴紗は言葉をかける。

「つらい思いをなさいましたね」

年も若く、ぬくぬくと王と神官たちに守られて生きてきた自分などが、彼らの苦労をねぎらう資格などなかろうと、そうも思うのだが、彼らの長年の惨苦《さんく》を償せるのは、上位である自分だけなのだ、と思い直し、冴紗は、『聖虹使』として、言葉を伝えた。

「みなさまは、正しき神の道を歩まれました。長いあいだ、故国を離れ、さぞやおつらい思いをなさったことでしょう。ですが、あなたがたの苦難の日々を、父は見ておりました。そうして、お救いせよと、子であるわたしに命じました」

手を差し伸べ、告げる。

「さあ、——ともに、侈才邏へと、帰りましょう。わたしは、そのために参りました」

神官たちは、手を揉み合わせるように冴紗を仰ぎ見、喜悦の涙に噎《むせ》んだ。

ありがたき幸せに存じまする。

我らの長年の苦労が報われました。

冴紗は、ひとりひとり、手にくちづけることを許した。

そのていどのことで報われるはずもない、辛酸を嘗めるがごとき人生であったはず。それでも彼らは、滂沱の涙で冴紗の手や足先、さらには影にまでくちづけ、歓喜の想いを表した。

……わたしのような者でも、人々の心に、わずかばかりでも希望を差し上げられるのならば、これ以上の幸せはございませぬ。

神の子を騙《かた》る罪も、いつか天帝さまの御許に上がりました際に、しっかりとお詫びいたしましょう。

与えられた役を、完璧に演じきること。

それこそが、自分のような者を愛してくださる羅剛王、そして『聖虹使』として信仰してくださる人々に報いる、唯一の手段。虹髪虹瞳などという特異な容姿で生まれた自分にしかできぬ、大切な大切なお役目なのだから。


すべてが終わり、──侈才邏王宮、花の宮。

王は夕餉だけをすませると、早々に女官たちを下がらせた。

冴紗も、早く王とふたりきりになりたかったので、促されるまま、寝室へと入る。

しかし、その途中、思い出したのだ。

「あっ！」

「……どうした？」

おずおずと、冴紗は謝った。

「失念いたしておりました。ご出立の前、御身がひどくご立腹なさっていらっしゃったというのに、わたしはおのれの身の苦しみだけで、御身にすがってしまいました」

手を合わせて頼む。

「申し訳ないこととは存じますが、…あのときのお怒りのわけを、お教え願えませんでしょうか…？　冴紗は阿呆者なので、御身のお心の機微を察することができませぬ。もう二度と御身がご不快になることがなきよう、なにとぞ」

王は、複雑な苦笑を浮かべた。

「………やはり、察してはおらなんだか……」

「……はい。お話をしたところ、みなさまはすぐわかったようなのですが、…わたしはどうしてもわかりませんでした」

王は、自嘲的に、ふん、と鼻で嗤う。

「愚にもつかぬ理由だ」

「愚にもつかぬとおっしゃいましても……」

「いいから、来い」

冴紗を抱き締め、寝台に座らせる。自身も横に座ると、少々ふてくされぎみに、言う。

「俺は、嫉妬しておっただけだ。あの男に」

嫉妬？

嫉妬とは…？

聞いた言葉の意味が、なかなか頭に沁み込んでこない。

「……おっしゃる意味が………冴紗にはわかりませぬ。羅剛さまが、いったい、どこのどなたに、嫉妬などなさるのです……？　嫉妬というのは、自分よりすぐれた者を、ねたんだり、そねんだりすることでございましょう？」

瞠目する王に、言葉が足らなかったかと、さらに説明する。

「羅剛さまは、神国修才邏の王であられます。お立場も、お姿もご性格も、この世に、羅剛さま以上の者など、ただのひとりもおりませんのに」

ぽつりとつぶやくように、

「本気で言うておるのだから、たちが悪い」

冴紗は強く言い返した。

「むろん、本気でございます！　そのような作り話で、煙《けむ》に巻かないでくださいませ！　冴紗は真実を知りとうございます。それでなければ、おのれのいけないところを直せませぬ！」

王は語気を荒らげて言い返してきた。

「だが、褒めたであろうに！　あの男を！　あの、泓絢の隴偖《りょうせい》王子を！」

きょとんと尋ね返してしまった。

「いいえ？　褒めてなど、おりませぬ。あのときは、感じたままの真実を申しただけでございます」

王は額に青筋を立てた。

「なおさら悪いわっ」

冴紗は必死に申し開きをした。

「ですが、……羅剛さまの、叔父上でいらっしゃいます。人より優れているのは、とうぜんでございましょう？」

王は、虚を衝かれたようなお顔となった。

「お姿とて、羅剛さまに、お目元が少々似ていらしたのです。褒めずにいろというのが、無理なお話でございます」

「どういうことだ…？　俺と似ていたから、だから褒めたというのか？」

冴紗はうなずいた。

「むろんでございます。羅剛さま以外に、わたしがお褒めする方はいらっしゃいません。あとから、すこしも似ていないとわかりましたので、…ですから、『あのときは』でございます。いまは……正直を申しまして、羅剛さまとお血が繋がっているとはとうてい思えぬほど、しょうもないお方だと思っております」

王は、複雑な表情を浮かべた。

苦虫を嚙み潰したような、だが、嬉しくて照れているようにも見えるお顔だ。

そっと冴紗を抱き締め、頬にくちづけをくださる。

「冴紗。男というは——最初から男に生まれるのではないのだ。愛する者の信頼と賛辞で、『男』になれるのだ。だが、…俺は、人々の賛辞などいらぬ。俺の欲しいのは、おまえからの褒め言葉だけだ」

「それでは、それでは……」

冴紗は急く思いで尋ねた。

「わたしは、もっと御身をお褒めしてもよろしいのですか……?」

「どういう意味だ?」

冴紗は本音を伝えた。

「御身の素晴らしさを、冴紗はほとんど口に出せておりませぬ。冴紗が言葉にしようとしますと、羅剛さまはいつも、お笑いになって止めてしまわれます。ですから、隴偖さまのことも、褒めてしまいました。御身が、お聞きくださいませんので、…せめて、叔父君をお褒めして、長年の想いを吐き出したかったのでございます」

羅剛はなんとも言えぬ顔になった。

「ほんに………おまえには、負けるわ」

「ですが……」

「うん?」

冴紗は少々口籠もった。

「もう、申しません」

「なぜだ?」

「わたしが褒めることによって、羅剛さまが、それ以上、ご立派で、凛々しくおなりでしたら、……つろうございます。おそばに居るのが、もっと畏れ多く、申し訳なくなってしまいます」

「俺は、立派でも、凛々しくもないぞ」

「いいえ。このたびのことで、つくづくわかりました。羅剛さまは、現人神《あらひとがみ》であらせられます。ほかの方には申すことはできませぬが…」

こっそりと、王の耳元で、冴紗はささやいた。

「ほんにつらいとき、悲しいとき、…わたしは『天帝さま』のお名よりも、『羅剛さま』のお名を呼んでしまいます。それがもっとも、心救われるのです。……ほんに、…ほかの方にはないしょの話ですけれど……」

王は露骨に吹き出した。

「たしかにな。ないしょにしておいてやろう。神の子が、そのようなことを申しておったら、信者どもが困り果てるだろうからな」

笑いつつ、冴紗の脇腹などをくすぐるので、こらえきれずにふたりで笑い転げてしまった。

幸せが胸に沁み入る。

王とこうしているときが、もっとも幸せだ。

瞳を見交わし、だれもいない場、ふたりだけにわかる話で無邪気に笑い合う。

王も冴紗とおなじ想いであれば、これほど嬉しいことはない。

ふと思い出した。

「――あの、……もうひとつ、冴紗には謝らねばならぬことがございます」

「うん？　なんだ？」

お怒りを覚悟して、おどおどと、告白する。

「羅剛さまのお部屋を、お留守の際、許可もいただかず見てしまいました」

一瞬瞠目したが、

「……………そうか」

と、王はただうなずいただけであった。

てっきり怒られるとばかり思っていたので、かえって心配になった。

「……ほんとうに、あのお部屋が羅剛さまの私室なのでございますか…？　一国の王のお部屋とは、とうてい思えませぬが」

「驚いたか」

率直に、冴紗は答えた。

「はい」

「では、机上の帳面なども、見てしまったのか」

「はい。…たいへん、感動いたしました。冴紗の衣装のことは、いままでも、たいへんありがたく思うてまいりましたが、…すべて羅剛さまのお考えとは！　冴紗は、昼も夜も、つねに御身の想いにいだかれているのだと、あらためて胸打たれました。ほんにありがたく、嬉しゅうございます」

ふふ、と王は自嘲的に笑う。

「……そうだな。おまえはそういう奴であったな。俺のすることを女々しいなどと嘲笑《あざわら》うような奴ではなかった」

「嘲笑うなどと！」

お怒りにならぬようなので、こそこそと、もうひとつのことも謝ってみる。

「あの、…それから……お手紙の件も、乳母さまからうかがいました」

王はわずかに眉を顰めたが、

「………そうか。……だが、俺は、許した。おまえも、許してやれ。おまえは、人を恨んではならぬ。…恨めば、おまえの心が痛む。恨まなければいけないことがあれば、俺が代わりに恨んでやる。おまえは、清いままでおれ」

冴紗の頬を撫でる。

いとしげに。そっと。

「ですが、あの寝台は……。まことにあの場所でお眠りなのですか？　冴紗には、大神殿の椅子さえ、硬すぎるとおっしゃいますものを」

　石の寝台など、見たことも聞いたこともなかった。どれほど貧した暮らしであっても、襤褸《ぼろ》や枯草くらいには寝ているはず。それも、この方は、神国修才邏の王。黄金の褥《しとね》でも金銀財宝の褥でも、望むがままであるのに。

「あれは、……願を掛けたのだ。願いのために、おのれを律しておった。もう十数年になるがな」

「どのような、願でございますか……？　羅剛さまほどのお方が、そこまでして願わねばならぬようなものが、この世にどこにございます……？　そして、願は叶ったのでございますか？」

　静かな沈黙があった。

　王は薄い笑みを浮かべた。

「……そうだな。あの部屋を変えてはおらぬのだから、……それが答えなのだろうな。俺自身も気づいてはおらなんだがな。おまえに言われて、いまようやくわかったわ」

「…………は？」

　冴紗の頬を撫で、穏やかな苦笑のような笑みで、

「よい。俺は生涯願いつづけるのだ。……それで、よい。俺は、なにひとつ苦とは思わぬ」

　王のお手の上に、みずからの手を重ね、冴紗は尋ねた。

「お訊きしてもかまいませぬか……？　御身が望まれるのは、いったいどのようなものなのでございましょう？」

ふたたび、すこし沈黙し、

「ああ。この世のものとも思えぬ、美しく、清らかな、宝石のような、ものだ。何人たりとも手にしてはならぬ………だが俺は、いま、手の届く位置に、いる。だからこそ、願わねばならぬのだ。永遠に、この手で摑みつづけるために。他者にはけっして盗られぬよう、穢されぬよう、すべてを賭けて、祈るのだ」

遠くを見つめるような瞳。

冴紗は悟った。

このお方は、自分などとはちがう尊いお生まれの方。尊いお志《こころざし》の方。世の覇王《はおう》であられるのだ。

「さようでございますか。羅剛さまには、冴紗などではわからぬ、崇高なお望みがあるのですね。…それではせめて、わたしもともに祈らせていただいてもよろしゅうございますか？　せめて、わずかばかりでも、御身のお力になりたいのです」

王の唇が、端からほどけた。

は！　と、ひとこと発したあと、それは笑いの発作になったようで、王はついに腹をかかえて笑い始めてしまった。

「ああ！　願ってくれ！　おまえの祈りほど、強い祈りはなかろうよ。なにせおまえは、この世の最高位、聖虹使であるからな！」

なにがおかしいのか、呵呵大笑のさまなのである。

真剣に申し上げたというのに大笑いされてしまい、冴紗はむくれてしまった。

「そうやって！　羅剛さまは、いつもお笑いになられます。わたしは真面目に申しておりますのに！」

「……いや、……そうだな。おまえを笑ってはいけないとわかってはおるのだが、……あまりに愛らしくてのう」

「愛らしくなどございませぬ！　羅剛さまは、冴紗を子供あつかいばかりなさいます！」

王は、楽しげに、爽《さわ》やいだ笑いを放つ。

「よいではないか。おまえの幼さがいとしいのだ。しかつめらしい顔で聖虹使をしておるときも、しとやかなさまで妃として振る舞うておるときも、おまえの素直な幼さが見られぬからの。…おお、そうやって、ふくれてくれ。口を尖らせて、つんつんとした物言いをしてくれ。ほんに、可愛らしくてたまらぬわ」

「わたしがふくれて、なにがそれほどお嬉しいのか、ちっともわかりませぬ！」

「わからぬでよい。わからぬからこそ、愛らしいのだ。おまえはそのままでおれ。なに者にも穢されぬ妻を持つのは、男の最高の喜びだ」

ひとしきり笑うと、王は苦笑いで言う。

「それにしても、のう。――今回は、永均《えいきん》に、良いところをすべてかっ攫われた気分だぞ？…俺は、ずいぶんと間抜けであった。おまえが危険な目に遭うておったのに、俺ときたら、なにも知らず、泓絢の王宮で接待を受け、のんびりと過ごしておったのだからな」

くすりと、冴紗は笑う。

「間抜けでは、冴紗も負けてはおりませぬ。このたびのことは、おのれでも、あのときの自分を嗤いたくなるほど、馬鹿なまねでございました。……なれど、人々の助けがなければ、わたしたちは動けませぬ。わたしは、…そのように、率直な物言いをなさる羅剛さまが、たいそうお心の豊かな、素晴らしいお方に思えます。永均さまのように、命を賭して御身にお仕えくださる方々がいるということこそ、すなわち、羅剛さまが賢王であられる証でございます」

王も、つられたように笑んでくださる。

「ああ、…よい。俺は良い家臣に囲まれておる。それは、重々承知しておる。…手柄など、いくらでもくれてやろう。そのおかげで、おまえをこうして無事に腕に抱くことができたのだ。それこそ、地に伏して感謝してもしきれぬくらいだ」

瞳を見交わし、いつのまにか指を絡め合っていた。

王のお手は大きく、温かい。

冴紗を包み込み、安らぎを与えてくださる。

王のお顔を拝しているだけで、涙が浮かんでしまいそうになり、冴紗はあわてて思いついた話題を振った。

「……ところで、羅剛さま。泓絢は、薬草の名産地なのですよね？」

「ああ。そういう話だな」

「さまざまな薬効のものが、あるのでしょうか？」

「そうらしいな。もう修才邏の一部だ。欲しいものがあれば取り寄せてやるぞ」

おずおずと、先を尋ねてみる。

「ならば、……わたしの頭がよくなるような薬草も、ございましょうか？」

王は、ぽかんとしたお顔となったが、冴紗は重ねて尋ねる。

「あの、……それでなければ、……雪花《せっか》さまたちのような、嫋嫋《じょうじょう》たるお姿になれるようなお薬でも、よろしいのですが」

「雪花、というと、……あの娼婦、か？」

「はい。いまでも後悔いたしております。せっかく、あのような専門職の方々に巡り会えたというのに、色事の作法をご教授いただきませんでした。あの際、しっかり教わっておけば、羅剛さまにお気に召していただけたのにと」

ははは、と少々小馬鹿にしたようなお笑い。

「できぬできぬ。無理にきまっておるわ。娼婦の手練手管《てれんてくだ》など、おまえが習うてみたところで、一生かけても習得できぬわ」

「で、ですが、……訓練を積めば、冴紗も色気というものを出せるようになるやもしれませぬ！」

「色気、…のう。…まあ、よいではないか。色気ならおまえのほうがあるぞ？　あやつらとはまたちがった色気が、な」

ふくれてしまった。

……いつもいつも、お笑いになって、冗談に紛れさせてしまわれるのですね！　わたしは真剣に申しておりますのに！

冴紗は、掛け布を王の胸元に無理やり掛け、つっけんどんに言った。

「わかりました！　お教えくださらぬのなら、もう、尋ねませぬ！　どうぞ、ご勝手に御寝《げし》なさってくださいませ！」

掛け布をわずかに持ち上げ、王は笑いを放つ。

「おまえがそうやってすねているさまは、たいそう愛いがのう、――そうか？　俺は、寝てかまわぬのか？」

王の瞳のなかに、仄《ほの》かに揺らぐ色。

来い、掛け布のなかにともに入れと、誘うような笑み。

冴紗の背筋が、ぞくっと痺れる。

「もう、鳥啼薬《ちょうていやく》は、抜けたのか？　……ん？　そのわりには、さきほどから頬が赤いぞ？　部屋が暑いのか？　俺はそれほどではないと思うがな」

手を伸ばし、冴紗の脇の下の柔らかいあたりを撫でくすぐる。

「……ぁ……」

反射的に声を上げてしまった。服の上からさわられると、よけいくすぐったいのだ。

「ああ、そういえば、街に出る予定も、まだであったな。では、俺は早く寝たほうがよいかのう？　鳥啼薬が抜けたというなら、明日のために」

今度は、胸の木の実の先あたりを、指先でさわさわとまさぐる。

あきらかに、からかっていらっしゃるのだ。

たぶん自分は真っ赤な顔をして、潤んだ瞳で王を見つめているのだろう。

王の指の這うさきざきから、甘い痺れが湧き起こる。

……どういたしましょう。もう薬は切れたと思うておりましたのに……。

寝台で、王のお声を聞き、王のお顔を拝していたら、なにやら、あの感覚がぶり返してきてしまったような……。

羅剛王は、小動物をじゃらすように、冴紗の顎下も撫でる。

「どうした？　素直に言うてかまわんのだぞ？　なにせ、あの薬は世に名高い媚薬であるからの。効き目が切れぬと、生涯苦しむやもしれぬ。…ほれ、おまえは俺の妃なのだぞ？　言うてくれぬと、助けてやれぬぞ？　寝てしまったら、おまえ、夜中に苦しむやもしれぬぞ？　かまわぬのか？」

言われれば言われるほど、全身が疼いてくる。

きっと、このまま寝てしまったら、王のお言葉どおりのことになるだろう。お情けを欲して、夜中じゅう起きているはめになりそうだ。

冴紗は、恐る恐る口を切った。

「………あ、あの……それでは、…申し上げますが、……じつは、まだ、少々薬が残っておりますようで……」

そこから先は、やはり羞恥が邪魔をして言葉にできぬ。どうか察してくださいませと、羞恥でうつむくのみだ。

そうかそうか。と王は満足そうに打ち笑む。

「一日ほどで効き目がまったくなくなるという話は、嘘であったのだな。数日経つというに、まだ残っていようとはな。あの薬、おまえには、たいそう良く効いておるらしいのう」

はっと気づく。

では、またもや自分は、王の言葉弄りにかかってしまったのだ。

冴紗は赤面して、そばにあった枕を投げつけてしまった。

「もう……知りませぬっ。お意地の悪い！　わかってらっしゃって、からかったのでございますねっ⁉」

不敬を働いてしまったというのに、王はさらに愉快そうな笑みとなり、

「よい。照れるな。俺が欲しいということであろ？」

冴紗を抱きすくめ、顔を覗き込もうとなさる。

「いいえいいえ、お忘れくださいませっ。はしたないことを申しました」

冴紗は袖でおもてを隠し、いやいやと首を振った。

恥ずかしさで、顔から火を吹きそうだ。

王は、力ずくで冴紗の手をはずそうとする。

「ほれ。隠すでない」

「いやでございますっ。恥ずかしくて、もう二度と顔などお見せできませぬ」

頑固に抗《あらが》う冴紗に、ひとつ溜息をつき、静かな問いかけをなさる。

「さしゃ。では、訊くが、——つねにおまえを欲しがる俺は、はしたないか？　あさましいか？」

すぐさま顔を上げ、反論していた。

「なにをおっしゃいます！　そのようなことはございませぬ！　御身にご所望いただくと、冴紗は、たいそう嬉しく、幸せな心地となりまする！」

言ってしまったあと、またもや後悔する。

……興奮して、わたしはまたはしたないことを……。

いつもいつもからかわれて、笑われてばかりで、王のほうがなにもかも上であるので、それは仕方ないことだとは思うが、冴紗のほうは、毎回恥ずかしさや悔しさを感じねばならぬのだ。

しかし。

王は、もうからかいの表情ではなく、ひじょうに真摯な面持ちとなっていた。

「ならば、……俺もおなじように思うておると、なにゆえわからぬ？」

せつなげな瞳であった。

「おまえに欲しがられると、胸がふるえるほど嬉しい。幸せな心地となる。なにゆえ、それが理解できぬ？」

ふいに、――この数日の苦難が、脳裡に蘇ってきた。

王のお怒りを受け、置いていかれ、そのあとのあの馬鹿げた失態……。

死さえ覚悟した苦しみであったのに、喉元を過ぎれば、自分はこのようにまたおなじ過ち繰り返そうとしている。

冴紗の胸に、万感の想いがこみ上げてきた。

羅剛王は、冴紗が穢れても、それでも愛してくださるとおっしゃった。薬で苦しむくらいなら、他の男に抱かれろ。ほんの一瞬でもつらい思いをするなと、…あまりに慈悲深いお言葉をくださった。

……普通の男性では、とうてい言えはしないでしょう。

冴紗のことだけを慮り、冴紗のことだけを考えてくださったお言葉だ。

この方の愛は、信じられぬほどに、深い。

この素晴らしきお方に報いたい。この方のお喜びになることを、申し上げたい。恥ずかしいなどと言っていては、羅剛さまに申し訳ない。これほど愛してくださるお方に、真実を告げぬのは、それこそ罪であろう。

冴紗は寝台の上に、きちんと正座し直した。

息を吐き、気持ちを入れかえる。

「…………それでは…………申し上げまする」

冴紗は、自分から王のお手に、指をからめた。

羞恥でうつむいてはしまったが、懸命に想いを伝える。

「羅剛さま。どうぞ…………愛して、くださいませ。冴紗を、抱いてくださいませ。いま、……わたしは、とても、……御身が、欲しゅうございます。御身のお情けを、いただきとう、ございます」

言い終わり、上目づかいで王を見る。

うまくは言えなかったが、精一杯のいまの気持ちである。

「…………そうか」

慈しみの、せつない表情で、王は冴紗を抱き寄せてくださった。

「よう言うてくれた。……嬉しいぞ」

「……はい」

「それは、……俺が無理じいして言わせた言葉ではないな……？　おまえの、本心からの言葉なのだな……？」

「はい、…はい、むろんでございます」

広く逞しい胸に顔を埋め、冴紗は至福の想いに満たされた。

自分の身体も熱かったが、王のお身体も熱くなっていた。

しみじみと、思う。

………ああ。今宵もまた、羅剛さまのお情けをいただけるのですね………

自分は、なんと幸せ者なのだろう。なんと、満たされているのだろう。

この世で、どれほどの人が、恋しいお方と褥をともにできるのか。

それも、自分の恋するお方は、神国侈才邏の尊い羅剛王なのである。

世のすべての者が、望んでもけっして得られぬ場所に、いま自分はいる。

この幸せを、心より感謝しなければいけない。

「ならば、…………」

王は言葉を発しかけたが、なぜだか唇を閉ざす。

どうかなさいましたか？　と尋ねようとした冴紗も、またそのさきを発することができなかった。

「俺がいま、なにを考えているか、わかるか」

言葉を選び、答えた。

「……わかりませぬ。ですが、……わたしとおなじことを考えていてくだされば、嬉しゅうございます」

幸せだ、と。

この幸せが、未来永劫つづいてほしいと。

王の瞳を見つめながら、冴紗は王のお手にくちづけた。

手を引いて、自分の首筋、胸までさわっていただく。

王は、少年のようなはにかんだ表情で、手を導かれている。

冴紗が初めて自分から能動的な行為をしているのだ。驚きも大きいのだろう。

「……薬は……苦しかったか……？」

つぶやくような、問い。

「…………はい」

筆舌に尽くしがたい苦しみでございました。命など助からぬと、本気でそう思うておりました。

「だが、おまえは耐えたのだな」

「はい。羅剛さまのおかげでございます」

冴紗は、自身の服の前を開け、王のお手を引き入れた。

「御身に、……こうして、触れていただくために、……懸命にこらえました」

言っていて、涙が零れそうになる。

他の男の精をもらおうなどという考えは、微塵も起きなかった。耐えられなくなったそのときには、剣で胸を突こうと思っていた。

だれに抱かれても赦す、というお言葉は涙が出るほどありがたいが、冴紗自身は、なにがあってもけっして他の男性に肌を許すつもりはなかった。

これまでも。そして、これからも。

王のお手は、いつも以上に熱い。

冴紗がこれからしようと思っていることを察していらっしゃるのか。

おのれを必死で鼓舞し、冴紗は、そうっと、王のお手を下腹部まで導く。

どちらももう言葉は発しなかった。

濃密な空気だけが、あたりを取り巻いている。

見なくともわかる。果実は、とろとろと、愛撫をねだるように蜜をしたたらせているだろう。

王の指先が、冴紗の恥ずかしい果実の先に触れる。

「……あ、……あ……。

「…………熟して……おるの」

「御身のおそばに……おります、ゆえ」

「熟しておるのは、……果実だけか」

つねならばとっくに王は、焦れてご自身でご指を動かし、冴紗の果実を握り込んでいる
であろう。だが今日は、辛抱強く冴紗にすべてを任せている。

心臓の鼓動が速い。

王の発する男性の香りが強くなっている。

獣の匂いだと、やはり王はおっしゃるのであろうか。

「……いえ。……こちらも、……御身を待ちわびて、……」

かるく膝立ちになり、冴紗は王のお手を、その場所へと導いた。

「あっ……んっ」

自分で導いておきながら、身をおののかせてしまう。

双臀のあわい、秘された蕾は、恋しいお方の手を、いまかいまかと待ちわびていた。

……ああ。触れられただけで……心地よい……。

自分はいったいどのような表情をしているのか。

きっと、身を反らし、喉を上げ、恍惚の表情を浮かべていることだろう。

燭の灯りは落としていない。いとしいお方にはすべて見えているはずであるが、……かまわなかった。あさましい姿も、今宵はすべて見ていただくつもりであった。

おずおずと、ではあるが、王の中指を身の内に引き込む。

くちゅり、と濡れた淫音。

「うっ、……んっ」

痛みでも、圧迫感でもない。快感しか、ない。

かすれたような、王のお声。

「……俺の指を……食い縛っておるのう」

「はい」

「濡れて、…誘っておるようだ」

「はい。濡れて、誘っておりましょう」

鸚鵡《おうむ》返しに繰り返すのがやっとだ。

「薬で、…そうなっておるのか」

「いいえ。薬では……ございませぬ。…もう、薬は抜けました。……けれど……御身に、酔うておりまする。この効き目は、……生涯消えはいたしませぬ」

「……そうか」

王の尊いお手を使わせていただいて、あられもない自慰をしている。

本来ならば赦されるはずもない蛮行であるが、この優しいお方は、けっしてお怒りにはならぬはず。冴紗にはそういう確信があった。

「……あ……あ」

花筒のなかが、蕩けるよう。

右の手で王のお手を持ち支え、上下させる。ちゅく、ちゅく、と秘めどころが淫猥に鳴るが、かまわず抜き差しさせ、——さらに、左手で、自身の衣服の裳裾を、そろりそろりと持ち上げた。

どうぞ、ご覧くださいませ。

冴紗のすべてでございます。

これほど御身をお慕いいたしておりますゆえ……。

ふいに、王はつぶやいた。

「…………馬鹿者が」

熱く、かすれたお声だ。

「俺を狂い死にさせる気か」

冴紗は首を振る。もう、意識が朦朧として、なにもわからない。

「絵にして残しておきたいくらいだ。おまえの、いまの美しさも、淫靡《いんび》さも……」

王は冴紗の花筒から指を抜き、

「もうこらえられぬわ。そのようなありさまを見せられて……」

押し倒すように、のしかかってくる。

「……羅剛、さま」

上から覗き込む瞳には、喜びとも苦笑ともつかぬ色。

「望んではおったがな、……もう、そのようなまねは、するな」

まだ息が上がった状態で、おどおど尋ねる。

「なにゆえ、でございます……？　見苦しゅうございましたか……？」

「馬鹿者。反対だ。目の毒であったのだ。ここまで壮絶にいやらしいとは思わなんだ」

「では、……冴紗は、色気がございましたか……？　御身を上手に誘えましたか……？」

はっきりと苦笑をなさった。

「誘われた、どころではないわ。もう一生、目に焼きついて離れぬほどだ。愛らしゅうて、なのに、なまめかしゅうて、……俺は、おまえに狂うておるつもりであったがの、…まだ狂う余地があったとはのう」

うっとりと、冴紗は恋しきお方を見つめた。

「ならば、嬉しゅうございます。冴紗は、髪の先、爪の先まで、羅剛さまをお慕いし、恋い焦がれておりますゆえ」

「………もう、喰ろうて………かまわぬ、か………？　いますぐ、おまえのなかに入りたい。おまえの熱い花筒に包まれたい。おまえのなかに、俺の滾《たぎ》る欲望を、すべて注ぎ込みたい」

あまりに直截的な表現であったが、であるがこそ、求められる喜びも大きかった。

「どうぞ……お召しくださいませ」

いつでも。どんなときでも。わたしは、あなたさまのものでございます。


いとしい方の昂りの、先端があたる。

ついいましがたまで指でくつろげられていたというのに、もう蕾は閉じかけている。

そこを、強引に割り拡げられた。

「あうぅっ……あっ……はっ……うぅっ………っ！」

冴紗は嬌声を放った。

それは、あきらかに歓喜の声であった。

隠しようもない。自分の心も身体も、存在すべてが、王を待ちわびていた。

「……ああ……羅剛、さま……っ……」

逞しゅうございます。御身の、硬く、強い剣で刺し貫かれるたび、冴紗は天の国へと昇るかのごとき、至福の歓びを感じまする。

開かれていく、快感。

王のすべてを感じる。貫いてくださる剣の、逞しい先端の張り、鋼鉄のごとき太く硬い胴部、そして、…最奥まで刺していただいた際の、下生えのあたる感触さえ、花筒は歓喜で震え、感じとる。

……ああ、……わたしのなかで、脈動していらっしゃる………

世のだれもが尊敬し崇める高貴なお方であられるのに、このお方は、わたしなどを選んでくださった。

あまたの障害を、強いご意思で乗り越え、こうして妃にしてくださった。

冴紗の花筒は、きゅっ、きゅっと断続的に締まり、奥へ奥へといざなうような蠢動《しゅんどう》を始めている。

……もっと……もっと、…御身をお歓ばせいたしとうございます……。

いやらしく咲けとおっしゃるなら、御身のお心を掻き立てる淫靡な花となりたい。

あさましく啼けとおっしゃるなら、愉悦の声で悶える猥褻《わいせつ》な鳥となりたい。

冴紗は、想いのままに声を上げた。

「あ、あぁ、……っ！　羅剛さまっ……どうぞ、もっと、突いてくださいませっ……」

「よいのかっ？　感じるかっ？」

「はいっ……はい……」

荒々しく深突きされると、目の前に星が飛ぶ。

ひと突きごとに、息さえ止まるような快感が、全身を駆け巡る。

王の激しい息づかい、みずからの花筒がたてる恥ずかしい秘め鳴り、冴紗は惑乱状態に陥っていた。

「……羅剛さま、…………ああっ……もう、……ああっ、いやっ、…いやぁぁ、……ああ、もう……だめっ、……よくて、…ああ、ああああ………っ！」

意識が甘く霞む。

高みに駆け昇って行く幸福に、眦から涙が溢れて止まらぬ。

烈《はげ》しい交合に恍惚となりながら、冴紗は心のなかで告げた。


……羅剛さま。

神国修才邏の王であられますのに、わたしを護る剣であり、盾であるとおっしゃってくださった、いとしきお方。

わたしは、御身が護ってくださるだけの価値のある人間になりとうございます。

そして、……わたしもまた、いつか、御身を護る剣と、盾になりとうございます。

冴紗は、身命《しんめい》を賭《と》して、御身のお役に立ちましょう。

御身のおそばに居られる幸せを日々噛み締めて、御身と修才邏のために、生涯、誠心誠意お尽くしいたしましょう。

恋しいお方の背に手をまわし、冴紗は、かろうじて想いを口にした。

「………愛しております、羅剛さま。……とても、…とても、冴紗は御身を、愛しておりまする」

たどたどしい愛の言葉の返事は、熱いくちづけ。

愛している。

俺のほうこそ、おまえを心から愛している。

耳元でささやかれる、数え切れぬほどの愛の言葉。

いとしい冴紗。

いとしい、俺の冴紗。

命をかけて、おまえだけを、愛している、……と。

そうして、花筒は、感じとった。

愛するお方もまた、高みに昇り詰めたのだと。

…………ああ…………。

花に、慈愛の白蜜が注がれる。

尊きお方が惜しみなく与えてくださる精の、あまりのありがたさ、快感で、瞳からは滂沱の涙が溢れ出る。

……冴紗は、……ほんに、ほんに、果報者でございます……。

千度注がれても、万度注がれても、この歓びと幸せは、変わりませぬでしょう。

冴紗は霞む瞳で、王を見つめる。

この世の現人神であられられる、高貴で凛々しきお方の、お姿を。


我がいとしの君、羅剛さま。

冴紗は、羅剛さまの腕のなかでだけ咲く花、羅剛さまの前でだけ啼く鳥。

この身、この心、すべてをかけてお慕いいたしております。

御身《おんみ》に、――とわの忠誠、とわの愛、――そして、久遠《くおん》の真心《まごころ》を。

冴紗の誕生秘話

「産まれたよ！　ほら、しっかりおし、熠栄《ゆうえい》ちゃん！　もう大丈夫だ、産まれたんだよ！」

遠ざかりそうになる意識のむこうから、おばさんの声が聞こえる。

重なるように、赤ん坊の泣き声。

熠栄の目から喜びの涙が溢《あふ》れ出た。

……ああ、…あたしたちの子……。

初産のうえ、生来の病が災いしたのか、数日間ものあいだひどい陣痛に苦しめられた。無事に産めたことが奇跡であったかもしれない。

扉が開き、夫の砢赳《かきゅう》が転がるような勢いで飛び込んできた。妻を心配し、やきもきしながら隣室で待っていたのだろう。

「産まれたのかっ⁉」

つづいて、飛び込んできたのは、おばさんの旦那《だんな》さん。ふたりは熠栄の働き先、洋裁店の店主夫婦だ。

熠栄と砢赳は、ふたりとも親に早世され、老夫婦のほうは、子供に先立たれている。そういうことで彼らは、我が子のように熠栄夫婦を可愛がってくれていた。今回も、貧乏で産婆を雇うのもたいへんな若夫妻のため、赤ん坊は自分が取り上げてやろうと、おばさんが一肌脱いでくれたのだ。

「母子ともに無事なのかっ？」

熠栄はなんとか笑って見せた。

「……ええ。無事よ。待たせてごめんなさい」

ふたりは飛び上らんばかりの喜びようだった。

「そうか！　よく頑張ったな、熠栄！」

「それでっ？　男の子かい、女の子かい？　…ほら、おまえ、わしらにも早く赤ん坊を見せておくれ！」

そこで、――初めて気づいた。

おばさんの様子が変なのだ。おじさんの問いに答えないばかりか、赤子を隠すように抱き締めたまま、笑顔もない。茫然《ぼうぜん》とした様子で立ちすくんでいる。

「どうしたの…？　おばさん…？」

夫も異変を察したようだ。

「……ちょ、…ちょっと、見せてくださいっ」

おばさんの腕からひったくるようにして赤ん坊を取り上げた。

そして、……夫までもが、絶句してしまったのだ。

「……か、きゅう……？」

熠栄は懸命に身体を起こした。震える声で尋ねる。

「……もしかして……五体満足…じゃないの……？」

夫は答えない。その顔色は真っ青《さお》だった。

熠栄は声を荒らげた。

「いいわ！　どんな子でも驚かないわ！　あたしは母親なのよっ。お願い、その子を見せてっ！」

だが。

赤ん坊を受け取った瞬間、熠栄もまた絶句することとなったのだ。

子供は健康な子に見えた。元気に手足をばたつかせ、精一杯の泣き声を上げている。

ただ、……その髪と瞳は、まばゆいばかりの『虹色』に光り煌《かがや》いていたのである……。

熠栄は声も出なかった。

……どうして、あたしたちの子が……!?

ふたりとも、ごく平凡な黒髪黒瞳である。王侯貴族のような美しい色など、どこにも入っていない。ましてや、世で最高の貴色、七色に輝く『虹色』など、…いま見るまで、それこそ、伝説のなかにしか存在しない色だと思っていた。

おじさんも、横から熠栄の腕のなかを覗《のぞ》き見て、悲鳴のような嘆声を上げた。

「……おお……なんてことだ……！」

老夫婦は抱き合い、おいおいと泣き始めてしまった。

「……可哀相に、虹髪虹瞳なんて！　……こんな時代じゃなければ、世界中に祝福されたでしょうに……」

「駄目だよ、due愷慈王《がいじおう》は、虹霓教《こうげいきょう》を忌《い》み嫌ってるんだ。こんな子が、あいつに見つかったら、……ぜったい、なぶり殺しにされちまう……」

熠栄本人は、泣くことすらできなかった。

長く心の臓の病に苦しめられてきた。天涯孤独の身の上で、幼いころから働き詰め、治療さえまともに受けられなかったことが、病をさらに悪化させたのかもしれない。身籠《みご》った際も、薬師《くすし》は、産めば命にかかわると懸命に止めた。

それでも、自分の命と引き換えにしてでも、産みたかったのだ。

病がちのこの身体では、そう長くは生きられないだろう。ならば、自分などを嫁にもらってくれた愛する砢赳に、せめて子供を残して上げたかった。

そうして、命がけで産んだ子だ。どのような姿かたちであろうとも、可愛くないわけがない。

ましてや、本来この子は、世界が待ち望んだ子供。目を射るほどに美しい、神の御子《みこ》なのである。

抱き締めた子に語りかけるように、思う。

……大丈夫よ？　おまえのことは、母さんが護《まも》り抜いてみせるわ。なにがあっても。

嘆きの声のなか、熠栄は、毅然《きぜん》と言った。

「星予見《ほしよみ》さまを探さなければいけないわ。近い町の人だと、こっちの素性が知れるし」

三人がざわめいた。夫はあわてたように、

「ば、ばかっ、どこの町の星予見だって、この子を見せたら、王に連絡を入れるかもしれないだろ！」

「そうだよ、熠栄ちゃん！　あたしらは、あんたたちの親のつもりだから、口が裂けても言わないけど、」

話の先を取るように、おじさんも口をはさむ。

「だが、ほかの人間に見せたら駄目だ！　螚慈王は、神官さま方だって、見つけ次第殺しているんだぞっ？　虹髪虹瞳の子が生まれたなんて知られたら、子供ばかりか、おまえたちだって、きっと殺される！」

気持ちはありがたいが、熠栄は言い返した。

「でも、真名を授けてもらわないなんて、…せっかく生まれてきたのに……」

親として耐えられない。真名のない子など、どうやって人生を歩めばよいのだ。

この地では、未来が読める特殊能力を持つ者を『星予見』と呼び、子供が生まれれば、かならず未来を視《み》てもらい、人生を端的に表した言葉を『真名』として授けてもらう。したがって『真名』というのは、ある意味、おもての名よりも大事な、その人間の生涯の宝、生きる指針となる名なのだ。

熠栄の真名は、『正しき道を歩む者』

夫の砢赳の真名は、『王に尽くす忠臣』

むろん、生涯を終えるまでは、真実その真名があたっているかどうかはわからない。さらに、星予見の能力の差や、命名の癖などにも左右されるため、意味のよくわからぬ真名も多いが、…それでも、よい真名ならば、人生の道しるべに。あまりよくない真名ならば、おのれの人生の戒めに。人々は、生涯を『真名』とともに歩むのだ。

すると、おじさんがぽつりと言った。

「……そういえば……いくつか山を越えた村に、盲目の星予見がいるって噂《うわさ》を聞いたことがある。金に汚いから、けっこうな嫌われ者らしいが……」

砢赳とふたり、瞳を見交わし、次の瞬間うなずいていた。そういう星予見ならば、子供の髪と目を見られずにすむ。

「ありがとう、おじさん。——あたし、行くわ！　山のむこうでも、この子のためなら、どこへでも！」

「おれも、衛士の仕事を休ませてもらえるよう、すぐにでも頼んでくる。その星予見に会いに行こう」

そうしてふたりは金を掻き集め、おじさんたちの援助も受け、噂だけがたよりの星予見探しの旅へと、出発したのである。

出産直後の熠栄にとって、山越えは並大抵の苦労ではなかったが、悪路は、頑健な夫が、妻と赤子を背負い進んでくれた。

山をみっつ越え、知らない町の、知らない人々のあいだを尋ねまわり、ひじょうな苦難の末、ようやくその星予見のもとへと辿《たど》り着いたのは、——出発からひと月近くも経った、夜であった。

砢趄が、壊れそうな繿褸《ぼろ》家《や》の扉を叩く。

「すまんが、開けてくれ！」

なかから返ってきたのは、無愛想な老婆の声。

「夜も更けてきとるのに、だれじゃっ⁉」

怒鳴られても、引きさがるわけにはいかない。熠栄も夫の背から声を張り上げた。

「星予見さまでしたら、お願いです、扉を開けてください！　子供の真名を授けてほしいんです！」

しばらくして、扉は開いた。

扉の隙間からのっそりと顔を出したのは、たしかに盲《めしい》た老婆であった。人を小馬鹿にしたように、

「ああ？　まだわしなんぞに真名をつけてほしいなんていう、物好きがおったのかいのう？」

「あたしたち、山をみっつも越えて来たんです！　お願いします、この子の未来を視てください！」

熠栄の言葉で、わけありな事情を察したのだろう。老婆はものも言わず、枯れ枝のような手を差し出してきた。まずは金をよこせということらしい。

その手に、なけなしの金を握らせると、老婆は面倒くさそうな仏頂面で、汚い家のなかへ招き入れた。

「まあ、…そういうことなら、お入り。…しかたない。視てやるとするかねぇ」

そのような星予見ではあったが、――やはり、看板に偽りはなかったようだ。子供の頭に手をあてたとたん、引き攣《つ》ったような悲鳴を上げたのである。

「………こ、この子は……なんじゃっ？　神の御子《みこ》かっ？　それとも魔物の子かっ？」

ぎくりとする。

まさか、見えていなくても虹髪虹瞳であることがわかるのかと、ふたり、息を詰めて言

葉の先を待つ。

するとと、最初の嫌みたらしい態度は消え、老婆は真剣な様子で赤ん坊の頭を撫でだした。

見えぬ目で虚空を見つめるようにして、

「数奇な……運命を、背負っておる。できうるかぎり、人に姿を見せぬほうがいい。……それでも、この子の一生は波乱つづきであろうが……」

しばし黙ったあと、ぽつりと、言う。

「修才邏《いざいら》の、王妃」

「……………え……？」

「この子の未来の姿じゃ。この子は、我が国の王妃となる定めじゃ」

熠栄は思わず言い返していた。

「王妃……まさか、この子は男の子です！」

「わかっておる。だが、定めは定めじゃ。……この子は、ひじょうに美しくなる。男を狂わせるのじゃ。世のすべての者に、慕われ、傅《かしず》かれる」

「……………そんな………」

出産のときより一度も流していなかった涙が、堰《せき》を切ったように溢れてきた。

……なんてことなの…！　虹髪虹瞳というだけでも、悲惨な一生が目に見えているというのに…！

この子は、さらなる苦難の人生を強《し》いられなければならないのか。男の身で、それも貧しい地方衛士とお針子の息子が、一国の王妃になるなど……想像するだに恐ろしい話だ。

震える声で、熠栄は尋ねていた。

「……逃れようは、……ないのですか…？　どうしても、……皚慈王のお妃さまにならなくてはいけないんですか…？　あの方には、たしかに、正妃さまはいらっしゃいませんけど……」

他国の姫を攫《さら》ってくるような人非人。神を畏《おそ》れず、虹霓教を弾圧し、極悪非道の振る舞いを繰り返す、修才邏史上最低最悪と言われる、あの愚王に……可愛い我が子は嫁がなければいけないのか。

「いや。現王ではない。その息子のほうだ」

「では、『羅剛《らごう》皇子』のお妃さまに……？」

ほっとした。

ならば、まだ救いはある。

洩《も》れ伝わってきた話によると、羅剛皇子は、黒髪黒瞳であるという。それゆえ、父の皚慈王に疎まれ、ひじょうにおつらい立場であられる、とか。

熠栄は、すがりつくように尋ねていた。

「ひとつだけ、教えてください！　そんな人生で、この子は幸せなんですかっ？　男の身で、王妃さまになるなんて……羅剛皇子は、すこしでも、この子を愛してくださるんですかっ？」

初めて。星予見は、唇のはしをほころばせた。

「案ずる必要はない。狂うほど、愛される。この子は、幸せだよ。……次の世は、いまの暗いご時世とは打って変わって、ひじょうに明るく、おだやかな世になるよ。この子と羅剛皇子の御代はな」

最後に、老いた星予見は重々しく言葉を吐いた。

「では、真名を授ける。この子の真名は、――『世を統《す》べる者』、じゃ」

熠栄《ゆうえい》と砢赳《かきゅう》は、ただ頭を下げるしかなかった。

どのような真名でも、もう受け入れる覚悟はできていた。この子がどのような人生を歩むことになっても、親としてできるだけのことはしてやろうと。

「ありがとうございました。感謝いたします」

ふたり、礼を述べて立ち去ろうとすると、老婆はよたよたと扉のところまで追いかけてきた。

枯れ枝の腕を差し出す。その手には、さきほど渡したわずかばかりの金が、あった。

「これは、もらえん。この子の親から金などもらったら、ばちがあたる。……いや、ちょっとお待ち！」

いったん奥へと引っ込むと、箪笥《たんす》の抽斗《ひきだし》などをあちこち開け、なにやら腕いっぱいにかかえてきた。

「これも、持って行け」

見ると、宝石や貴金属。あきらかに、長年貯め込んだ老婆のとっておきの財産だ。熠栄は首を振った。

「……そんな……いただけませんっ」

それでも老婆は、無理やりに熠栄の手に押しつけてくる。

「いいから、…ほれ、持って行け。老い先短いわしなんぞが持っとっても、もう使い道もない。ならば、その子を育てるために使ってもらったほうがいい。……あんたら、これから大変だぞ？　心しておかねばならんぞ？」

幾度も礼を言い、熠栄と砢赳は帰途に着いた。

もらった宝石のちいさいものひとつだけで、帰りは辻《つじ》の走竜車《そうりゅうしゃ》を借りることができた。

感謝の想いで、ふたりは幾度も振り返り、もう見えなくなっている老婆の家に向かって手を合わせた。

走竜車の心地よい揺れに身をまかせ、半分眠気と戦いつつ、熠栄は言った。

「ねえ、砢赳。この子の名前、あたしが決めていい？」

夫も、肩の荷が下りたのか、瞼《まぶた》が重そうだ。

「いい名前を思いついたのか？」

「ええ。――冴紗《さしゃ》。…さしゃ、よ」

どのような苦難に遭おうとも、しっかりとおのれの意思を持っていられるように。『冴』の字を。

そして、下の文字、『紗』は、羅剛皇子の『羅』と組ませれば、『羅紗《らしゃ》』。軍服に用いられるほど強い厚手の毛織物の名になる。

反対に、字を入れ替え、『紗羅《さら》』とすれば、それは、美しく優しい、うすぎぬの名。

どちらが先となっても、素晴らしい織物となれるように。ふたり、助け合い、豊かで実り多い人生を紡げるように。

「どうかしら？　あたし、自分がお針子だから、どうしても布の文字が頭に浮かんでしまうんだけど」

それに、いずれお妃さまとなるなら、あまり猛々しい名はつけないほうがいいと考えたのだ。

砢赳は笑ってくれた。

「いや。いいんじゃないかと思う。…うん、すごくいいよ。おれも気に入った」

夫は赤子を抱き上げ、語りかけた。

「冴紗。おまえの名前は、冴紗だぞ？」

赤ん坊は、きゃっきゃっと声を上げて笑った。

「あ！　いま、笑ったぞ⁉　見たか、熠栄っ？」

「うん！　笑ったわ！　気に入ったみたいね！」


愛する夫の肩にもたれ、熠栄は、ほうっと息をついた。

これからは、どこかに隠れ住まなければいけないだろう。星予見の視たとおり、一家には苦難の日々が待ち構えているのだろう。

だが、この子は幸せな生涯を送るのだ。それだけで、どのような苦労でも耐えていかれる。

熠栄は腕のなかの我が子に心中で語りかけた。

……大丈夫よ、冴紗。母さんと父さんが、おまえを守ってあげるからね。

いずれ、羅剛皇子に手渡す日まで。

親子三人、つつましくても、仲よく、幸せに、暮らしましょうね？

母の意を察したように、子供は嬉《うれ》しそうに笑った。

あとがき

こんにちは。吉田珠姫《よしだたまき》です。修才邏国王《いざいら》『羅剛《らごう》』と、国王妃兼虹霓教《こうげいきょう》最高神官聖虹使《せいこうし》である『冴紗《さしゃ》』の、ドタバタ恋愛話五冊目でございます。

本人たち、至極真面目に生きているんですが、羅剛が『冴紗檄ラブ』過ぎるせいか、冴紗が『天然』過ぎるせいか、どうも、国内外を巻き込んだバカップルの盛大なイチャつきにしか見えないような……。（苦笑）（自分が実際、この二人のそばにいたら、女官たちのようにぜったい茶化してると思う……）

そんなバカップル話ですが、今回も、高永《たかなが》ひなこ先生には、素晴らしいイラストをつけていただきました！　高永先生、毎回お忙しいところ、本当にありがとうございます！

――ということで、今回、イチャつきシーンにページを使い過ぎてしまったため、あとがきはこのくらいで。ｗｗｗ

ではまた、次の巻でお逢いしましょう！

２０１５年　春　　吉田珠姫　拝

http://www.tamaneko.com

✿吉田先生✿
「神官は王に操を捧ぐ」の発行
おめでとうございます✿
とても久しぶりでしたが
このシリーズ本当に大好きで
力不足を痛感しつつではありますが
今回もとても楽しく
描かせて頂きました。
私、らごう様大好きなん
ですけれども
今回のらごう様の
渾絢で叫んだ言葉は
マジ感動でしたよね…
みなさんもそうですよね…！
泣けたよね…！
吉田先生いつも面白い話を
ありがとうございます。
このシリーズのイラスト担当
させて頂けて
私は本当に果報者です—！
ありがとうございました
✿高永ひなこ✿
イラストは
指定されてもいないのに
勝手に提出した
ラストシーンのラフ（ボツ案）
です。
あきらめず、ちょっと手を入れて
こんなとこで再利用…
すみません…
あと、久しぶりだったので
これまでの自分のイラストを
がっつり見直したのですが
永均様の額のキズを
描き忘れているシーンに
気付きました…
吉田先生 読者の皆様
本当に申し訳ありま
せんでした…
今まで気付かなかった
自分を
殴りたい…

ガッシュ文庫

神官は王に操を捧ぐ
（書き下ろし）
冴紗の誕生秘話
（書き下ろし）

本作品の内容はすべてフィクションです。
実在の人物・地名・団体・事件などとは一切関係ありません。

吉田珠姫先生・高永ひなこ先生へのご感想・ファンレターは
〒102-8405 東京都千代田区一番町29-6
（株）海王社 ガッシュ文庫編集部気付でお送り下さい。

神官《しんかん》は王《おう》に操《みさお》を捧《ささ》ぐ
2015年5月10日初版第一刷発行

著　者　吉田珠姫［よしだ たまき］
発行人　角谷　治
発行所　株式会社 海王社
〒102-8405　東京都千代田区一番町29-6
TEL.03(3222)5119(編集部)
TEL.03(3222)3744(出版営業部)
www.kaiohsha.com
印　刷　図書印刷株式会社

ISBN978-4-7964-0712-0